KB117021

성공을
부르는
코칭의 힘

성공을
부르는
코칭의 힘

지은이 • 이창호
펴낸이 • 채주희
펴낸곳 • 해피&북스
등록 • 제10-1562호
주소 • 서울시 마포구 합정동 433-62
E-mail • elman1985@hanmail.net
전화 • 02-323-4060
팩스 • 02-323-6416
2008년 2월 15일 초판 1쇄

값 10,000원

성공을
부르는
코칭의 힘

이 창 호 지음

해피&북스

차 례

··· 들어가기에 앞서

중국 고서인 『한비자 韓非子』를 보면 이러한 글이 나온다.

옛날 초나라 장사꾼이 저잣거리에 방패 盾와 창 矛을 늘어놓고 팔고 있었다. "자, 여기 이 방패를 보십시오. 이 방패는 어찌나 견고한지 제아무리 날카로운 창이라도 막아낼 수 있습니다." 이렇게 자랑한 다음 이번에는 창을 집어 들고 외쳐댔다. "자, 이 창을 보십시오. 이 창은 어찌나 날카로운지 꿰뚫지 못하는 것이 없습니다." 그때, 구경꾼들 속에서 이런 질문이 튀어나왔다. "그럼, 그 창으로 그 방패를 찌르면 어떻게 되는 거요?" 그러자, 장사꾼은 아무 대답도 못하고 서둘러 그 자리를 떠났다.

여기서 유래한 것이 모순 矛盾이라는 말이다. 인간에게 라이프 코칭이 필요하거나 가능한 이유를 필자는 이것에서 시작한다고 생각한다. 또 우리가 아주 잘 아는 말 가운데 이러한 말이 있다. "천상천하 유아독존 天上天下唯我獨尊" "우주에서 내가 제일 존귀하다."고 하는 이 말은 석가가 태어나서 한 손은 하늘을 가리키고 한 손은 땅을 가리키며 일곱 걸음을 걷더니 사방을 바라보고 한 말이라고 한다. 자기 혼자 최고라고 한다면, 동시에 존재하는 다른 수많은 인간은 무엇이란 말인가? 이 얼마나 다른 사람은 생각지도 않는 교만하고 싹수없는 반민주적인 말인가? 그런데 바로 여기에 라이프 코칭 Life Coaching의 필요 근거가 있다.

필자가 보기에 라이프 코칭은 바로 인간이 모순된 존재, 달리 말하면 말도 안 되는 사람이라는 데에 그 근거가 있다. 한국처럼 세계적으로 유명한 교육열을 가진 나라도 드물다. 부모들이 자식들의 교육에 매달리는 이유가 교육의 정도에 따라서 아이의 신분이나 직업에 영향을 많이 미칠 수 있다고 믿기 때문이다. 그런데 그러한 당면 이유를 불문하고, 또한 교육 철학의 서로 다른 입장과 시각에도 이구동성으로 교육을 하는 이유는 아주 단순한 것에 있다. 그것은 바로 교육을 받으면 인간은 변한다는 것이다. 현대적 가치관의 하나인 실용성을 놓고 볼 때도, 교육을 받고도 아무런 변화가 없으면, 그 교육은 무용한 것이라고 평가된다. 현실적으로 사교육비 지출이 많은 우리의 사정은 높은 교육 비용을 들여야 높은 효과가 있다고 생각하는 것에 있다. 사교육비를 아무리 들여도 그 효과가 미비하고 그 비용의 차이가 입시나 교육에 영향이 별로 없다고 하거나 공교육으로 충분하다면, 학원이나 개인 과외 등에 지출할 부모들은 거의 사라질 것이다.

라이프 코칭은 바로 이러한 모순된 존재인 인간과 현실 속에서 자리한다. 왜냐면 모순을 통해서 우리는 다른 하나의 진리를 발견할 수 있기 때문이다. 그것이 바로 역설 逆說이라는 것이다. 모순 contradiction이란 말은 서로 반대의 contra- 상반된 주장이 공존할 때 사용하듯, 역설 paradox이라는 말도 반대적 의미가 맞을 수 있다는 것을 뜻한다. 그래서 일반적 진리보다 역설적 진리를 더 고상하고 높은 차원의 진리로 사람들은 이해하기도 한다. 상식을 넘어선 비범한 자만 알 수 있는 진리로 역설을 생각하는 일이 많다.

다시 정리하면 인간은 모순된 존재이다. 왜냐면 인간은 누구나 지금보다 나은 자신의 삶이 자신에게 오기를 바라며 살고 있다. 즉, 자신을 우주에서 가장 귀한 모습으로 생각하며 그러한 모습으로 변화되기 원하며 산다. 그런데 인간은 좀체 변하려고 하지 않는다. 인간은 자신이 그 누구보다도 존귀한 존재가 되고 싶어하지만, 인간 대부분은 존귀하게 살지 못한다. 이러한 모순된 현실과 모순된 존재인 인간이기에 그 무엇보다도 라이프 코칭이 필요하다. 왜냐하면, 라이프 코칭이야말로 자신의 삶을 자신이 바라는 모습으로 변화시키는 가장 좋은 도구이며, 그러한 열망이 있음에도 그레믈린 Gremlin의 망상에 사로잡혀 꼼짝달싹할 수 없는 사람들에게 변화를 촉진하는 가장 유익한 수단이기 때문이다. 그레믈린은 사전적 의미로 비행기에 고장을 일으키는 눈에 보이지 않는 작은 악마를 일컫는 말이지만, 심리 분석과 관련해서는 변화를 싫어하고 현상 유지에 안주하고 싶어하는 인간의 내적 심리를 말한다.

사회심리학자 에릭 프롬 Erich Fromm은 그의 저서 『자유에의 도피』에서 이집트를 탈출한 이스라엘 백성이 사막에서 현실의 삶을 이겨 내지 못하고 다시 이집트로 돌아가 이전의 비참한 노예 생활을 희구 希求하는 갈등을 묘사하고 있다. 이것이 바로 인간의 현실적 모습을 잘 드러낸 것이라고 할 수 있다. 여기서 우리는 라이프 코치의 필요성을 생각해 볼 수 있다. 모순된 존재인 인간으로 하여금 자신이 원하는 것을 이룰 수 있도록 돕는 것, 바로 이것이 라이프 코칭을 주도하는 코치의 역할이라고 할 수 있다. 광야에서 헤매던 이스라엘 백성은 그들 곁에서 신의 목소리를 전하는 모세의 격려와 권면에 힘입어, 이집트로 되돌아가지 않고 그들이 오매불망 소원하던 젖과 꿀이 흐르는 가나안 땅에 가게 된다. 라이프 코치는 자신의 삶을 변화시키는 코치이 Coachee 내부의 목소리를 들려주어서 그레믈린의 방해에도 굴하지 않고, 코치이가 바라는 길을 가도록 하는 것이다.

아마도 이 책을 손에 든 사람도 모순된 존재이리라고 필자는 본다. 수많은 자기 혁신을 이루려고 했지만 그레믈린의 공격 탓에 그다지 효과를 보지 못하였고, 그럼에도 자신의 변화를 포기하지 않은 이가 이 책의 독자라고 생각한다. 필자는 이 책을 위하여 코칭에 관계된 수많은 저서를 참고했다. 하지만, 개별적인 분야에서 좋았던 책들은 체계적이지 못했고, 정리가 잘된 책들은 너무 요약적이어서 별도의 해설이 있지 않고는 초보자가 이해하기 어려운 수준이었다. 또한, 번역서들 대부분은 책의 원제와 번역 제목이 너무나 달라서 라이프 코칭과는 다른 비즈니스 코칭을 주 내용으로 하는 일이 많았다.

따라서 이 책은 라이프 코칭을 위주로 라이프 코칭 스킬을 익혀서 라이프 코치가 되고자 하는 이들이나 혹은 라이프 코칭을 통해서 자신의 삶을 더욱 향상하고 싶은 이들을 위해서 쉽고 체계적으로 꾸미려고 노력하였다. 그리고 코칭의 전반적 이해를 위하여 다양한 코칭 분야의 기법들도 간략하게 언급하는 것으로 도움을 주고자 하였다. 비록 적은 분량이지만 라이프 코칭에 관심이 있는 독자들에게는 실제적이고 유익한 종합지침서가 되리라 믿어 의심하지 않는다.

이 창 호

1장

라이프 코칭의
전반적 이해

Understanding
Life Coaching

라이프 코칭의 개념

···유래

코치 coach라는 말을 영영사전으로 찾아보면 가장 기본적인 의미가 a motorbus/ a railroad passenger car/ a closed automobile, usually with two doors/ a large, closed, four-wheeled carriage with an elevated exterior seat for the driver; a stagecoach 등에서 볼 수 있듯이 교통수단과 관계가 있는 것을 알 수 있다. 영한사전에도 철도가 생기기 전의 대형 4륜 역마차 를 의미하는 것으로 나와 있다. 그래서 우리가 흔히 사용하고 있는 스포츠 와 관련된 의미보다 일차적으로는 마차나 운송 수단과 관련된 의미가 더 기본적인 것을 알 수 있다.

월트디즈니에서 만든 영화《101 달마시안 101 Dalmatians》에서 볼 수 있는 바둑무늬의 개들이 끄는 썰매를 코치라고 불렀으며, 개들을 코치견이라고 불렀다. 지금 크로아티아의 한 지역인 달마티아에서 유래한 이 썰매는 15 세기 말 헝가리 코크스 Kocs에서 처음 제작된 것으로 여러 사람을 태울 수 있는 4륜 마차를 의미한다. 이것이 미국의 서부 개척 시대에 많이 사용되 었던 역마차 Stage coaches에 연결되었다.

근대적 의미의 개념은 1840년대 영국에서 개인 지도 교사인 튜터 Tudor 의 별칭으로 코치라는 말이 생겨났는데, 이 뜻은 승객이 마차를 타고 목적지에 가듯이 교사의 지도로 목표로 나아간다는 것이다. 1880년경에는 이 것이 스포츠에 적용되어 운동선수를 훈련하는 사람을 가리키게 되었는데, 케임브리지대학이 있는 캠 강에서 노 젓기를 지도하는 사람을 의미하였다. 미국에서는 코치하는 사람으로서 코처 coacher라고 불렀으나 발음상 'r'을 탈락시켜 말하기 시작하였다. 그러나 아직도 미국 메이저리그 일루 삼루 코치를 코처라고 부르며, 그들이 서 있는 자리를 코처 박스 coacher's box라고 한다.

현대에 와서 지금 우리가 쓰는 의미로 사용하기 시작한 것은 1980년대 컨설팅 consulting개념과 맞물려 계획해주는 사람을 뜻하는 경제 전문의 플래너 Planner가 등장하면서부터이다. 최근 라이프 플래너 Life Planner라는 이름으로 자주 등장하는 이 직업은 애초 미국에서는 의뢰자의 재정적 문제뿐만 아니라 개인적 고민까지 도움을 주던 것으로 우리나라에서는 보험설계사 또는 생활설계사로 부르고 있다. 1990년대 이후에는 매니지먼트와 인재 육성의 방법으로 생각되어 프로그램으로 만들어지기 시작했는데, 1992년 코치 유 CCU와 1994년 국제코치연맹 ICF이 설립되어 제각기 코칭 프로그램을 시작했다. 그래서 처음에는 컨설팅의 하위 개념으로 세간에는 인식되었으나 점차로 다양한 연구와 검증을 걸쳐 미국에서는 기업 관리자에게 필요한 직무 기술로 평가받게 되었다. 이를 두고 제너럴 일렉트릭의 회장 잭 웰치는 "앞으로 관리직에 필요한 것은 코치진으로서의 자질이다. 조직원의 에너지를 이끌어 내는 힘(코칭)은 관리자가 반드시 풀어가야 할

과제이며, 반드시 수행해야 할 임무"라고 말한 바 있다. 그리고 일본에서
는 커뮤니케이션의 방식으로 수용해 매니지먼트에 활용하는 비즈니스 코
칭이 인기를 끌게 되었다. 그런 관점에서 스즈키 유키요시는 코칭을 "코치
이의 자발적 행동을 극대화하기 위한 커뮤니케이션 기술"로 정의한다. 이
것이 2000년대에 들어와서 우리나라에도 도입되어 기업의 경쟁력 강화를
핵심 인재 육성에 바탕을 둔 기업들이 많아지면서 인재 육성에 가장 효과
적인 방법으로 널리 알려지게 되었다. 최고의 기업 컨설턴트로 유명한 토
머스 크레인도 "오늘날 앞서가는 리더들은 급변하는 시대에 적응하는 방
안으로 코칭을 하나의 기본 역량으로 받아들이고 있다. 코칭은 이 시대의
기업들이 당면한 문제를 풀기 위해 인적 자원 역량을 계발하는 건강하고
적극적이며 업무 수행 능력을 함양하는 과정"이라고 말한 바 있다. 그러다
가 요즈음에 와서는 비즈니스 영역뿐만이 아니라 개인과 사회의 인간관계
차원으로 확산 보급되는 현실에 들어섰다. 이것으로 우리가 알 수 있는 것
은 코칭의 영역이 스포츠를 넘어 기업과 인간 개인에게까지 다양한 분야
에 미친 활성 프로그램이라는 것이다. 따라서 전망하는 바 사회 전반에서
코치의 역할은 앞으로 끊임없이 더 커질 것이며, 또한 그만큼 경험 있는 코
치가 더 많이 필요할 것이다.

▪▪▪개념

　코칭 Coaching에 대한 학계의 통일된 정의는 없지만 많이 사용하는 분야
인 경영학적인 차원에서 연구한 정의는 조작적 정의 Operation Definition로 행

동적인 프로세스로 Process로 본다. 미국의 인력 개발 회사 CMOE의 회장 스티븐 스토웰의 책 『Leadership and Coaching』(1986)에 따르면, 코칭은 코치 혹은 리더가 토의나 대화에 개입 혹은 중재하는 것으로 구체적인 행동이나 태도를 요구하여 구성원이나 코칭받는 이의 행동이나 태도 변화에 긍정적으로 영향을 끼치는 프로세스이다. 다시 말하면 구두나 행동으로 조직 구성원들에게 역량을 계발할 동기를 부여하며 자발적으로 일할 수 있도록 지원하고 격려하며 수시로 피드백을 해주는 행위를 의미한다. 이것을 기초로 코칭은 다음과 같은 특징을 가지고 있다.

코칭은 직장에서 일반적으로 상사가 맡는 인력 계발 수단이다.

코칭은 과제 해결 능력의 확장과 완성도뿐만 아니라 심리학적 성숙– 자신감, 용기, 의욕, 책임감 등– 을 가능하게 한다.

코칭은 작업 결과의 지속적인 개선을 목표로 한다.

코칭은 코치와 코치이가 서로 신뢰하는 파트너십 Partnership을 기반으로 구성원의 발전을 위해 노력하는 과정이다.

코칭은 당면한 문제를 해결하는 과정에서 이루어지는 지원으로, 구성원의 문제 해결 능력을 키우고 발전시키는 형식으로 이루어진다.

코칭은 코치와 구성원이 협력하여서 공동 목표를 달성하였을 때에 일차적으로 끝난다고 볼 수 있다.

코치는 코칭 대화를 효율적으로 이끌 수 있는 스킬과 업무 능력을 갖추어야 한다.

코치이는 수동적인 대상이 아니라 적극적인 참여자가 되어서 목표 달성을 위해 의식적으로 행동해야 한다.

코칭은 코치와 코치이 사이에 일어나는 공동의 발전 과정이므로 강요돼서는 안 되고, 코치가 제시하는 코칭에 참여하는 코치이는 그 결과의 효율성에 일차적 책임이 있다.

이러한 경영학적인 특징을 토대로 각자 처한 분야에 따라서 수많은 코칭에 대한 정의가 나와 있다. 일반적으로 자주 책에서 인용하거나 언급된 것들을 나열하면 다음과 같다.

"코칭은 한 사람의 잠재 능력을 살려 그 사람의 성과를 최대화하도록 돕는 것이다. 코칭은 우승을 향해 달려가는 선수의 능력을 극대화하는 지도력이다. 코칭에는 코치와 코치이 공동의 목표가 있고 코치는 코치이로 하여금 목표를 이루게 하는 숨은 공로자가 된다."- 팀 갤러웨이 Tim Galleway -

"좋은 코칭은 직원을 꾸짖는 것이 아니다. 좋은 코칭은 통제를 가하거나 결과로 모든 것을 판단하지 않는다. 참여를 통해 성과를 높이는 것이 좋은 코칭이다." - 마셜 쿠크 Marshall Cook -

"코칭은 사람들을 격려하고 동기를 부여함으로써 그들이 자신을 성장시키도록 돕는 과정이다."- 루 타이스 Lou Tice -

"코칭은 한 개인이나 그룹을 현재 있는 지점에서 그들이 바라는 더 유능

하고 만족스러운 지점까지 나아가도록 인도하는 기술이자 행위이다."- 개리 콜린스 Gary Colins-

"코칭은 코치와 함께 발전하고자 하는 의지가 있는 개인이 자신의 잠재능력을 최대한 계발하고, 발견 과정을 통해 목표설정과 전략적인 행동 그리고 매우 뛰어난 결과를 성취하게 하는 강력하면서 협력적인 관계이다."- CCU -

"전문적인 코칭이란 인생, 경력, 비즈니스와 조직에서 뛰어난 결과를 달성할 수 있도록 도와주는 지속적이며 전문적인 관계를 말한다. 코칭 프로세스를 통해 코치이는 배움을 더 심화하고, 성과를 향상하며, 인생의 질을 한층 높일 수 있다. 각 만남에서 코치이가 대화의 주제를 선택하면, 코치는 경청하고 관찰한 후 질문한다. 이러한 상호 작용을 통해 주제를 더욱 명확하게 이끌어 내어 코치이가 행동으로 옮길 수 있도록 한다. 코칭은 코치이가 집중할 수 있게 하고 자신이 선택한 행동을 더욱 자각할 수 있도록 하여 가속된다. 즉, 코치이 자신의 의도와 선택, 행동에 따라서 결과가 달라질 수 있다는 말이다. 따라서 코치이는 코칭 프로세스와 코치의 지원을 통해서 현재의 위치에서 미래에 기대하는 모습으로 변하도록 기꺼이 집중하여야 한다."- 국제코치연맹 -

이처럼 코칭은 코치가 코치이와 협력하여 코치이의 변화와 발전을 지원하는 관계 체재를 의미한다. 코칭은 상호 책임을 지는 것이며 진정한 성과를 이루게 하고 자신과 조직, 인간관계에서 변화를 줄 수 있는 시스템이다.

···돌코칭

돌코칭은 코칭과 유사한 것들을 말한다. 여기서 돌이란 말은 우리나라에서 진짜가 아니고 품질이 조금 떨어지는 유사한 것을 지칭하는 접두어이다. 한자로는 非, 영어로는 pseudo-가 아니라 quasi-를 의미한다. 흔히 코칭과 비슷한 관계에서 이해할 수 있거나, 코칭과 혼용하여 생각할 수 있는 것들이다. 그러나 엄밀하게 보면 이것들은 코칭과는 조금 차이가 있다. 이러한 차이점을 눈여겨 봐둔다면 우리는 코칭이 무엇을 말하는 것인지를 분명하게 알 수 있고, 달리 말하면 어떤 것이 코칭이 아닌지를 알 수도 있다. 또한, 이것들은 많은 부분 코칭에서 사용 방법이나 기술들을 같이 공유하기도 하기 때문에 판별력을 가지고 보는 것은 매우 유익하리라고 생각한다.

— Counseling

카운슬링이란 카운슬러나 사회사업가, 심리치료사, 정신과 의사들이 상담 서비스를 제공하는 과정에서 전문적으로 돕는 관계 과정을 의미한다. 카운슬링의 목적은 상담자 Counselor와 피상담자와의 인간관계 속에서 피상담자의 바람직하지 못한 사고나 생각, 행동, 그리고 감정을 더 바람직한 방향으로 변화, 성장시키는 데 있다.

여기서 상담을 요하는 피상담자는 일반적으로 심리적인 문제 탓에 정상적인 일상생활이 불가능한 경우이거나 일상생활에 적응하지 못하는 경우가 대부분이다. 그들의 문제 해결을 위하여 상담자는 그들의 오늘을 있게 한 과거의 상처나 경험에 관심을 둔다. 그 범위는 심리적 장애에 국한한다.

이에 반해서 코칭은 일상적으로 장애가 없는 사람을 대상으로 과거가 아니라 더 나은 미래에 관점을 둔다. 또한, 심리적인 것보다 더 나아가서 코치이의 행동을 성숙하게 하는 데에 관심을 둔다. 즉, 상담은 피상담자의 심리에 파고들어 정신을 분석하고 그 행동을 평가하며 치유하는 데 초점을 두지만, 코칭은 드러난 행동과 그에 대한 결과를 좋은 방향으로 돌릴 수 있도록 피드백을 통해서 교정한다.

— Mentoring

이 말은 그리스 신화에서 이타카의 왕 율리시스 Ulysses가 트로이 전쟁에 나가는 길에 자신의 아들 텔레마커스 Telemachus를 친구인 멘토 Mentor에게 맡기었다는 데에서 유래한다. 율리시스가 멘토에게 자신의 아들을 자기가 가르친 것처럼 책만 가르치는 것이 아니라 세상의 지혜를 얻게 하는 책임 있는 교육을 해달라고 맡겼는데, 나중에 여행을 마치고 돌아오니 아들이 훌륭하게 자란 것에 기인하여 모범이 되는 좋은 스승을 뜻하는 말로 멘토가 사용되었으며, 멘티 Mente에게 잘 지도하며 충고하는 것으로 멘토링이라는 말이 생겨났다. 멘토링의 적절한 우리말은 없다. 다만 의미가 한 사람이 다른 사람에게 자신의 역량을 나누어 줌으로써 영향을 끼치는 관계적 경험이라고 할 수 있다. 멘토링은 평생에 걸쳐 이루어지는 의도적으로 맺어진 관계로, 멘토는 멘티가 좋아하고 신뢰하며 멘티가 인생에서 승리하는 것을 보고 싶어하는 관계로 볼 수 있다.

멘토링과 코칭은 유사한 점이 많다. 미국의 유명한 상담 코치 피오나 헤럴드는 자신의 책『성공한 사람들은 스스로 멘토가 된다』(2005)에서 "멘토와 코치를 상용할 수 있는 의미"로 보고 있다. 특히 둘 다 일대일의 관계를 기본으로 하며 변화와 진보에 초점을 맞춘다. 그러나 멘토링은 멘티에게 기술과 정보와 안목을 갖게 하는 데 더욱 비중이 있지만, 코칭은 사람들이 성장하는 원리들을 삶의 제반 영역에 적용할 수 있도록 한다. 멘토는 특정한 직업과 기술, 지식 등에서 멘티에 대하여 상대적으로 권위를 가지고 있을 수밖에 없으나, 코치는 전문적인 자기 분야를 제외하고는 멘티와 동등한 관계에서 영향을 끼친다. 더 나아가 멘토링은 멘티로 하여금 멘토의 시각을 따라오도록 하는 반면에, 코칭은 코치를 닮아가는 것이 아니라 코치이가 자기 삶의 진정한 모습을 발견하고 계발하는 것이 주안점이다.

— Discipleship

디사이플십은 도제 徒弟 교육과 같은 훈련으로 스승과 함께하며 스승에게서 필요한 지식과 기술을 배우는 것을 말한다. 스승의 문하나 스승의 집에 들어가 숙련되기까지 삶을 같이하는 깊은 관계를 의미한다. 우리나라 바둑계에서 조훈현 기사가 신동 이창호를 제자로 받아들여 세계 최고의 바둑 프로 기사로 만들어 낸 것은 유명하다. 디사이플십에서 강조하는 것은 몸으로 배우는 체득 시스템이다. 그것이 어떤 기술과 기능이든 제자가 Apprentice가 삶을 스승과 함께하는 것이 특징이다.

그러나 이것은 코칭과 다른 점이 있다. 디사이플십은 스승이 특별한 지식을 전달하거나 전수하는 것이지만, 코칭은 코치이 자신의 상태를 깨닫게 하는 것이다. 코칭은 성인들에게는 꼭 필요하다. 사람은 자신이 산 인생의 수만큼 더욱더 변화하기 어렵다. 그것은 자신이 가진 어젠더 Agenda-사전적 의미로는 협의 사항, 개인적 의미로는 각 개인이 가진 실천해야 할 의무나 문제 또는 경향-가 고집적이 되고 사고 패러다임이 잘 바뀌지 않고 경화 硬化되며 고정적이기 때문이다. 그래서 자기의식이 굳은 성인을 변화시킨다는 것은 매우 어렵다. 그러나 코칭은 삶의 가치를 바꾸며, 코치이의 사고방식에 변화를 주어서 자신의 삶을 단계적으로 체계 있게 향상시킬 수 있다.

— Consulting

컨설팅은 일반적으로 개인이나 조직이 어떠한 문제에 대해서 더 전문적인 조언을 필요로 할 때 자문을 하는 것을 말한다. 그러면 컨설턴트 Consultant가 그 문제를 조사하고 진단하여서 적절한 대안을 고객에게 제시하는 것이다. 즉, 컨설팅이란 고객으로 하여금 어떤 문제를 해결하도록 돕거나, 그가 중요한 결정을 내리도록 도우려는 목적으로 이루어지는 전문가와 비전문가의 상호 작용이라고 볼 수 있다.

그래서 컨설팅이 특정한 문제에 전문가의 조언과 답이 제공되는 것에 집중하는 반면에, 코칭에서 문제를 해결하는 것은 코치이이다. 컨설팅은 새로운 정보를 제공하는 것만으로도 좋은 지침을 줄 수 있지만, 코칭은 코치이가 가진 자원을 발견하고, 그 잠재력이 최대한 발전하도록 계발하는 것을 말한다. 컨설팅은 사람의 능력에 초점을 두지만 코칭은 사람의 인격에 관계하며, 컨설팅은 일의 성취가 목적이라면 코칭은 일 이외에도 코치이의 자긍심까지 다룬다.

─ Teaching

티칭은 일반적으로 지식이나 학습 내용을 학생들에게 선생이 가르치는 것을 말한다. 가르치는 장소가 통상적으로 교실이거나 강의실이며 전달하는 방법도 강의나 토의의 형식을 띠는 일이 많다. 근래에는 가르쳐야 하는 내용보다는 어떻게 가르칠 것인가? 하는 교수법에 더욱 중요한 관심을 둔다. 그래서 잘 가르치는 교사는 많이 아는 사람이 아니라 효율적으로 교육공학과 커뮤니케이션 스킬을 활용하여 학생들에게 잘 전달하는 능력이 있는 사람이다.

비록 티칭의 개념과 기술이 발전하면서 학생들에게 무언가를 주입하려는 것보다는 교육의 원래 목적대로 학생들을 계발시키는 것에 주안점을 두었다고 하더라도 코칭과는 차이점이 있다. 티칭의 주요 내용이 지식 전달인 데 비해 코칭은 인격과 사역에 관한 기술의 개발이다. 티칭이 학생의 머리에 선생이 아는 것을 그대로 주입하는 것이라면, 코칭은 코치가 코치이의 가치관을 바꾸게 하는 작업이다. 티칭에서 전달과 수용의 책임이 상대적인 것처럼 보이는 반면, 코칭은 상호 책임을 가지고 상호 의존이 필요한 일이다.

— Training

트레이닝은 일반적으로 스포츠와 관련하여 목표를 정해 놓고 지속적으로 신체의 적응 능력을 이용하여 신체를 단련하는 계획적인 훈련 프로그램으로 알려졌다. 그래서 트레이닝을 통하여 트레이너 Trainer는 트레이니 Trainee의 체력을 강화하고 운동력을 향상시킨다. 이 말은 또한 어떤 단체나 조직의 초보자들이 기술을 배우고 실제 경험을 함으로 이론과 실증이 기반 된 훈련 프로그램을 익히고 숙련자가 되어 그 일원으로 살아가는 과정을 의미하기도 한다. 더 나아가 현재에 와서는 인간의 사고력이나 예술의 표현력까지 그 사용 범위가 넓어졌다.

트레이닝이 신체나 어떤 특정한 것의 향상을 위한 프로그램이라면 코칭은 코치이의 전반적인 능력과 인간관계의 향상에 이바지한다. 트레이닝은 잠재력을 기르는 것이지만 코칭은 잠재력을 발견하게 하는 것이다. 트레이닝은 반복된 훈련으로 습관과 감각을 원하는 상태로 만드는 것이지만 코칭은 사고와 가치를 바꾸게 하여 코치이가 원하는 상태로 선택하여 살게 하는 것이다.

— Guiding

가이딩은 가이더 자신이 잘 아는 부문으로 안내하거나 인도하는 것을 말한다. 특히 낯선 것일 경우에는 가이더가 절실하게 필요하다. 세계에 유명한 산들이 모여 있는 히말라야 산맥에는 그곳을 등정하는 등산객들을 안내하기 위한 전문적인 셰르파 Sherpa라는 가이더들이 있다. 또 말이 안통하는 지역을 우리가 여행할 때에는 그곳의 정보와 관광지에 대한 사전 정보를 아는 관광 가이더의 안내를 받으면 효율적으로 여행할 수가 있다. 요새는 영적인 문제를 지도하는 영적 안내자인 구루 Guru도 적지 않게 등장한다. 가이더는 다른 말로 리더 Leader를 뜻할 정도로 여러 방면에서 그 쓰임새가 다양하다. 또한, 그 일에서 코치의 일과 비슷한 것도 많다.

그런 점에서 가이딩은 코칭과 아주 비슷한 것으로 생각할 수 있다. 실제 가이딩의 전문가인 가이던스 담당자 Guidance worker의 하는 일을 보면, 가이드를 원하는 사람이 자기 자신을 깊이 이해하고 자기실현을 위하여 노력함으로써 개인적으로도 행복해지고 또 사회적으로도 유용한 존재가 될 수 있도록 돕고 지도하는 것이다. 최근의 교육학적 추세에 맞추어 선생이 하는 일도 학생의 학습 가이더로서의 역할이 강조되고 있다. 여러 면에서 볼 때 가이딩의 의미는 코칭과 유사한 점이 많다고 볼 수 있다.

그러나 가이딩이 정보를 제공함으로 인도받는 자에게 도움을 준다고 볼 때에 코칭은 정보에 따른 행동의 결정권이 코치이에게 있을뿐만 아니라, 그 선택에도 올바른 결정을 내리도록 분위기를 조성하는 면에서 가이딩보다 훨씬 목표를 세우고 도달하는 방법에 코치이의 자율성을 강조한다.

지금까지 코칭과 유사한 여러 프로그램이나 용어를 살펴본 바, 코칭은 포괄적이며 코치이의 전인적인 잠재력을 계발하여 향상하는 것에 초점을 맞춘다. 더구나 그 방향에서 과거나 현재보다는 미래 지향적이며, 그 책임에 코처와 코치이의 상호 책임과 상호 의존이 필요하다. 비록 코치가 전문적인 코처로서의 경험과 해당 분야의 특별한 스킬을 가지고 있다 하더라도 코치이에게 있어서 스승과 제자의 사이가 아니라 동반자적인 관계를 유지해야 하는 쌍방향 커뮤니케이션이 필요한 인격적 관계인 것을 알 수 있다.

코칭의 유형

코칭은 우리가 아는 대로 여러 가지 형태로 여러 가지 영역에서 그 필요성이 인정되는 곳에는 활용 범위가 매우 넓다. 그럼에도, 대표적으로 우리가 다루는 코칭이 가장 잘 활용되는 영역을 제한해 볼 필요가 있다. 다음은 주요 영역별로 같은 코칭의 스킬이 어떤 특징을 가지고 어떤 목적으로 사용되는지 살펴볼 필요가 있다. 왜냐하면, 목적은 비슷할지도 목표는 영역마다 차이를 보이기 때문이다. 이러한 것을 통하여 우리는 각 코칭의 영역에서 그 주안점을 어디에 두어야 할 것인지를 알 수 있게 된다. 일반적으로 코칭에 관련한 책자를 살펴 보면 어떤 한 영역에 집중해 있음을 알 수 있다. 그래서 제목만으로는 우리에게 꼭 필요한 코칭 정보를 얻을수 없을 때가 많다. 『콜센터 코칭 매니지먼트』(포시엠, 2006)라는 책이 있다. 이 책은 전화상담원이나 텔레마케터들이나 그러한 분야 종사 관리자에게는 아주 유용할 것이다. 그러나 업종이 다른 분야에서 그 효용성은 절반으로 줄어들 것이다. 따라서 기본적인 코칭 스킬을 배우고 자기 분야나 코칭 목표에 맞는 코칭 스킬을 갖춘다면 더욱 코칭의 효과는 증폭될 수 있으며, 목표에 도달하는 것도 더 빠르게 진행될 것이 분명하다.

— Management

가장 일반적으로 다루는 분야가 바로 매니지먼트라고 하는 것이다. 여기서 코칭은 주로 리더십을 함양하는 가장 효과 있는 방법으로 다루어진다. 그래서 흔히 코칭을 이야기할 때에 가장 많이 연상되는 것이 리더십이라고 할 수 있을 정도로 가장 보편적인 코칭의 유형이 여기에 속한다. 리더십 코칭 혹은 코칭 리더십이라고 불리는 이것은 '어떻게 하면 조직의 구성원이 스스로 조직의 목표에 헌신하게 할 수 있을 것인가?'에 많은 관심을 둔다.

이때 가장 많이 관심을 두는 것 중의 하나는 동기 부여의 문제이다. '어떻게 무엇으로 동기를 부여해서 조직의 목표에 신속하게 도달할 수 있게 만들 것인가?'에 고심을 해야 한다. 다음으로, 상호 작용이 일어나도록 코칭의 효과를 드높이기 위해 조직 구성원의 성격이나 행동 유형을 파악하는 것이다. 이는 코치이에 대한 자세한 앎을 통하여 조직의 목표에 더 적절한 반응을 가져올 수 있기 때문이다. 리더십 코칭은 자신의 삶을 주도적으로 살고자 하는 개인이나 조직 구성원이나 하급 관리자로 하여금 능동적으로 조직의 목표를 위해 일할 수 있도록 하는 데에 강점을 가진다.

— Business

리더십 코칭 다음으로 가장 많이 기업체에서 활용하는 것이 비즈니스 코칭이라는 것이다. 비즈니스 코칭은 기업의 구성원에 대해서 기본적인 철학을 가지고 있다. 하나는 조직원은 잠재력이 있다는 것이다. 둘은 조직원 스스로 문제 해결 능력이 있다는 것이다. 셋은 조직원은 파트너십으로 일할 때 창의적, 능률적으로 일할 수 있다는 것이다. 비즈니스 코칭에서 주된 관심은 업무 향상에 관한 것이다. '어떻게 해야 조직이 담당하는 일을 향상할 수 있는가?'가 가장 고심해야 할 주제이다.

따라서 비즈니스 코칭에서 힘을 기울이는 분야는 업무 환경의 변화이다. 외적으로는 시스템이나 제도의 변화를 통해서 구성원이 능률적으로 일할 수 있게 하는 것이며, 내적으로는 상사와 부하 직원들 사이에서 강요보다는 친밀한 상호 동반 관계를 만들어서 구성원이 창의적으로 일할 수 있게 하는 것이다. 그래서 기업의 목표에 효과적으로 도달하도록 업무 성과 향상을 이루는 것이다.

— Career

커리어 코칭은 코치이의 경력이나 이력을 관리하고, 코치이가 원하는 직업이나 경력에 맞는 일을 할 수 있도록 돕는 것이다. 이태백, 삼팔육, 사오정, 오륙도 같은 퇴직이나 실업에 관한 농담이 현실성 있게 느껴지는 우리나라에서 커리어 코칭은 매우 필요한 것이라 할 수 있다. 특히, 일반 기업에서 근무하는 많은 이가 비정규직이나 계약직으로 인력 관리 업체나 용역 업체에 속해 있는 현실이다. 또한, 학창 시절에 생각했던 것과 일치한 직장이나 직업을 가진 사람은 10%도 안 되는 것이 우리의 현실이다. 따라서 이직을 꿈꾸거나 다른 일을 모색하는 사람이 많을 수밖에 없고 헤드헌터나 인력 개발에 관심을 가지는 사람이 많을 수밖에 없다.

커리어 코칭에서 관심을 두어야 하는 것은 첫째로 자신감이다. 코처는 코치이가 이직이나 새로운 일을 시작할 수 있는 자신감을 갖도록 해야한다. 자신감은 코치이로 하여금 자신이 선택한 직업에서 그 분야의 비전과 승진 가능성을 보고 그 목표를 향해서 한결같이 나아갈 수 있도록 하며, 다른 선택을 하여 이직을 고려할 때도 새로운 일에 곧바로 적응할 수 있도록 하기 때문이다. 둘째로 적성이다. '코치이가 하고자 하는 일이 그에게 얼마나 적절한 것이며, 그가 할 수 있는 것인가?'를 판단하는 작업이 필요하다. 코치이가 하고자 하는 일이 그의 적성에 맞는지 살펴 보아야 한다. 셋째로 경력 관리이다. 코치이가 가진 과거의 경력을 어떻게 더 효율적으로 만들 수 있을지를 생각해야 한다. 코치이가 하고자 하는 일과 계획에 맞추어서 그가 경험하거나 배워야 할 것을 말해 주거나, 또 필요한 자격 요건이나 경력이 어떤 것인지를 알게 해서 코치이가 하고자 하는 일에 적합하도록 그의 경력을 관리해야 한다.

따라서 커리어 코칭은 코치이의 직업이나 경력의 평가를 통해 그것을 한층 더 업그레이드하는 코칭 시스템이라고 볼 수 있다. 코처가 코치이의 전 생애를 걸친 일의 특성을 여러모로 분석하여서 코치이가 하는 일이나 하고자 하는 일에 대하여 효율적으로 수행할 수 있는 능력과 자질, 지식을 제공하여서 그 분야에 전문성을 가지고 직업 능력과 근무 연한에 따른 적절한 보상과 대우를 받을 수 있도록 하는 것이다.

— Master

마스터풀 코칭 Masterful Coaching이라고 불리는 이것은 CEO나 전문 경영자를 위한 코칭이다. 또한, 일선 경영의 책임을 지고 있거나 실행하는 책임을 지는 임원들이나 장 Chief을 포함해서 넓게는 이그젝큐티브 코칭

Executive Coaching으로도 말할 수 있다. 이 코칭 시스템에서 관심을 두는 것은 먼저 경영자가 자신을 돌볼 수 있도록 하는 것이다. 경영자의 일과 삶을 균형 있게 조율해 그가 최적의 상태로 경영에 임할 수 있도록 한다. 다음으로, 코치이가 몸담은 기업의 경영진으로서 경영 혁신을 이루도록 돕는 것이다. 어떤 방식으로 경영해야 하는가? 그리고 어떻게 인사 평가를 해야 하는가? 등 경영에서 중요한 사항에 대해 조언을 한다. 왜냐하면, 경영자의 판단이 기업의 현재와 미래에 심각한 영향을 끼치기 때문이다. 현재 주목받는 경영 방식은 지식 경영과 윤리 경영이다. 특히 학습 조직의 이론적 창시자로 불리는 피터 센게의 책 『제5경영』(1996)에서 경영 조직의 학습을 강조한 이래로 이러한 경영 방식은 더욱 고무되고 있다. 끝으로는 코치이에게 지식전달보다도 실행에 더욱 관심이 있어야 한다. 경영자들은 그들 나름대로 자기의 전문 분야에서 성공한 사람이라는 의식이 있다. 그래서 코처의 코치이에 대한 부족한 지식은 그에게 코칭받을 필요성을 없게 한다. 그래서 코치이의 행동에 주 초점을 맞추어야 한다. 특히 코치이가 경영자로서 자신의 잠재력을 계발하도록 격려하는 것이 매우 중요하다.

경영의 실행자를 위하고 그들의 행동을 코칭하는 이중적 의미로 이그젝큐티브 코칭은 아주 중요한데, 특히 이그젝큐티브 코칭 분야의 학장으로 불리는 로버트 하그로브의 마스터풀 코칭을 말한다. 그가 말하는 마스터풀 코칭의 관심은 과거의 실패에 대한 조명으로 현재를 성공으로 만드는 것이 아니라 현재의 성공을 미래의 더 크나큰 성공으로 이끄는 데에 있다. 하그로브의 강조점은 기존 대부분의 코칭 방법이었던 개인의 역량·지식·기술을 진단하고 강점과 약점을 분석한 후 부족한 부분을 채우는 것에 집중하는 것이 아니라, 불가능한 미래의 성취를 선언함은 물론 미래를 창조하도록 격려하고 지원하는 데에 있다.

— Brand

브랜드 코칭은 아직은 그다지 널리 알려지지 않았으나 앞으로 귀중하게 생각하게 될 것이다. 우리나라에도 백화점마다 명품 코너가 있으며, 명품만을 수리하는 곳도 있으며, 중고명품을 파는 중고시장과 개인끼리 사고파는 벼룩시장도 생겼다. 현대는 텔레비전 개그 프로에서 명품으로 치장한 개그맨이 등장하고 한 잔에 5만 원하며 50g에 50만 원이 넘는 세계에서 제일 비싼 커피인 코피루악 Kopiluwak이 팔리는 시대이다. 이것은 상품의 고가에 개의치 않고 명품을 선호하는 사람이 많아진 현실을 반영하는 것이라고 볼 수 있다.

그런데 명품을 선호하는 사람 가운데 그 상품의 특징과 재질이 다른 것보다 비싼 값을 치를 만큼 유용해서 샀다고 생각하는 사람은 별로 없다. 오히려 이러한 실제적 가치보다는 그 명품이라는 브랜드를 가지고 있고 사용함으로써 자신의 보이지 않는 무형의 가치를 더 높이는 데에 있다고 볼 수 있다. 즉, 현물 가치보다 부가 가치를 더 높게 평가하는 안목이 있기에 혹자에게는 실속이 없을 수 있는 명품에 투자를 하는 것이다.

사람들은 저마다 자신의 경제 지수와 경제 능력에 따라 액수가 다소 차이가 날지 모르나, 상품을 구매할 때에 그 상품 자체가 아니라 그 상품을 만드는 회사의 브랜드를 보고 사는 것이 현실이다. 그리고 브랜드에 각인

된 이미지가 앞으로 상품을 사들이는 데에도 추가적인 영향을 미치는 것 또한 사실이다. 우리나라보다 더 넓고 자원이 풍부한 중국에도 양질의 물건이 아주 많이 있다. 그러나 우리나라에 수입된 물품들 대부분은 저질의 제품들이다. 그래서 우리나라 사람에게는 중국제 Made in China 라는 브랜드는 질 나쁘고 값싼 것이라는 인식이 깔렸다. 따라서 값이 비슷하다면 백이면 백 국산을 살 것이라는 것은 자명한 일이다. 그것은 바로 우리가 사서 소비하는 그 상품보다도 브랜드에 투자하는 기대치가 크다는 것을 말한다. 로열티라고 하는 것이 바로 그것인데, 상품이 아니라 브랜드만 가지고도 상품이 될 수 있다는 것을 여실히 보여 주는 실례라고 하겠다.

브랜드 코칭은 기업과 그 기업이 만든 상품의 특성을 차별화하여 고유의 브랜드 이미지를 구축하게 하는 작업이다. 주로 기업 및 제품 이미지 개발자나 마케팅 또는 영업 담당자에게 아주 유용한 것이라 할 수 있다. 브랜드의 개발을 통해서 기업이 소비자를 향해서 자신들에게 유리한 소비 시장을 형성할 수가 있다. 그러나 브랜드 코칭의 힘은 여기에 국한되지 않는다. 실질적으로 필자가 권장하고 싶은 것은 개인적인 것이다. 조직이나 기업이 아니라 개인을 브랜드화하는 것도 매우 중요하다는 것을 말하고 싶다.

우리나라는 사교육비 지출이 가계비 지출과 비슷하거나 더 높은 현실에 있다. 그래서 학부모의 이중고는 이루 말할 수 없을 것이다. 그런데 이러한 사교육은 아이의 학습 능력을 극대화하거나 향상시키는 것이 우선이 아니라, 다른 학부모 따라 학원 보내기, 과외 교습 시키기 등의 형태 변형일 뿐이다. 남들 다 보내는 데에 내 자식은 안 보내면 경쟁 사회에서 뒤떨어질 것 같다는 불안 심리의 변형에 가깝다. 그래서 부모들은 브랜드 코칭에 더욱 관심을 둘 필요가 있다. 왜냐하면, 브랜드 코칭을 통해서 내 아이가 다른 아이와 다르게 개성 있고 특성 있는 리더로 성장하도록 도울 수 있어야 하기 때문이다.

자녀의 브랜드 코칭에서 가장 중요한 것은 바로 아이의 브랜드를 부모가 찾아 주는 것이다. 가장 많이 쓰이는 방법이 아이의 자리를 찾아 주는 PLACE 방식이라고 할 수 있다. 이것은 아이의 Personality(성격), Learning(학습이나 재능), Ability(실력), Connect Passion(열정과 관계), Experience of Life(삶의 경험)을 고려하는 것이다. 그러려면 하나, 아이의 개성이나 기질이 무엇인지 찾아내야 한다. 심리 검사나 성격 및 인성 검사 등으로 객관적인 아이의 상태를 알아봐야 한다. 그리고 부모가 발견한 아이의 성격이나 특질, 장점 등을 연결하여 생각해야 한다. 둘, 아이가 그리는 미래의 꿈이 실현되도록 비전 제시를 해야 한다. 아이들의 꿈은 주위의 여건과 눈에 의해서 계속해서 달라진다. 그만큼 변화의 폭이 크다고도 할 수 있지만, 아이가 더 현실적이 되어간다는 것의 다른 표현이다. 그래서 그 가능성을 극대화하려면 IQ, EQ, SQ 등과 같은 지수들을 높이도록 해야 한다. 셋, 좋아할 수 있는 직업을 선택하게 하는 것이다. 적성에 맞는 일을 해야 아이가 싫증 내지 않고 자아실현에 이바지할 수 있다. 매년 신종 직업이 많이 생기며 이에 따라 사라지는 직업도 많다. 점점 더 고소득을 요하는 직업은 세분화되어가고 전문화되어간다. 다양한 직종 가운데 아이의 적성에 맞는 일을 찾아보는 것은 중요한 일이다.

브랜드 코칭은 자기 PR 시대인 현대에 우리 각 개인에게도 필요하며,

구직을 하려는 취업자에게는 자신을 브랜드화하여 더 높은 상품 가치를 고용자나 면접관들에게 보여야 하기에 더욱 필요하다고 할 수 있다.

— Co-Active

상호 협력 코칭이라고 부르는 이것은 코처와 코치이가 서로 적극적으로 상호 협력하는 것을 근본적인 속성으로 하여 관계를 맺는 것이다. 이처럼 상호 협력 코칭은 코치이가 요구하는 바를 충족하도록 두 당사자인 코처와 코치이가 대등한 입장에서 협력적인 관계가 되는 것을 강조한 것이다. 이것은 바로 코처의 할 일에 가장 정확한 답을 구현할 수 있는 형태이기도 하다. 코처의 할 일은 문제에 답을 제시하는 것이 아니라 질문함으로써 코치이로 하여금 자신이 원하는 것을 답하고 행동할 수 있도록 돕는 것이기 때문이다.

이 라이프 코칭에서 코처는 코치이 삶의 실현과 균형 그리고 과정에 많은 관심을 기울여서 코치이로 하여금 자신의 꿈과 욕망과 포부를 분명히 결정하고 자신의 사명, 목적, 목표를 명백하게 하여 그에 따라 성취를 얻을 수 있도록 돕는 것이다. 이것은 코치이의 행동에 잔소리하는 것이 아니라 코치이가 바라는 욕구를 실행할 수 있도록 돕는 것으로 코치이의 처지를 깨닫게 하고 자신을 알 수 있도록 협조하는 것이 강조된다.

우리는 지금까지 코칭이 활용되는 현장을 살펴보았다. 코칭의 활용도는 날로 높아지고 다양해지고 있다. 우리가 이 책에서 가장 중요하게 생각하고자 하는 코칭 분야는 라이프 코칭이다. 라이프 코칭은 코치이의 삶을 자신이 원하는 목표에 도달할 수 있도록 삶의 향상을 이루는 데에 도움을 주는 것이며, 자신이 꿈꾸던 미래의 삶을 살 수 있도록 코칭하는 것을 말한다. 인간이 성공하는 과정에 따르는 장애물들이 여러 가지가 있을 것이다. 라이프 코칭은 그런 장애를 극복하고 코치이가 가진 성공 잠재력을 발견하고 극대화하여 성공적인 인생을 설계하고 살도록 코칭하는 것이다. 따라서 자신의 삶이 변하기를 원하는 사람은 누구든지 이 책에서 다루는 코칭 스킬을 익히고 코칭 프로세스를 경험함으로써 성공을 향해 나아갈 수 있도록 자신을 코칭할 수가 있을 것이다.

코칭의 요소

코칭에는 필수적인 요소가 세 가지 있다. 하나는 코칭을 주도하는 코처 Coacher가 있으며, 다른 하나는 코처를 통해서 코칭을 받는 대상인 코치이 Coachee가 있다. 그리고 코처가 코치이를 코칭하는 시스템에 해당하는 코칭 프로세스라고 할 수 있는 코칭 프로그램이 있다. 다음에서 자세히 다루겠지만 간략하게 개괄적 이해를 위하여 약술해 본다.

— Coacher

코처는 기본적으로 코칭을 할 수 있는 자질이 있어야 한다. 그것을 코치력이라고 하는데, 코칭을 통해서 다른 이에게 도움이 되고자 하는 것을 말한다. 여러 방면에서 코처가 필요한 이 시점에서 코처는 남에게 도움을 주고 거기서 기쁨을 누릴 수 있는 사람이 되어야 한다. 다음은 코처가 지녀야 할 최소한의 자질을 살펴보자.

【 Comprehension 】

이해력이라고 하는 것으로, 코처는 기본적으로 세 가지를 이해해야 한다. 하나는, 코칭받을 코치이를 잘 알고 있어야 한다. 코치이가 바라는 것이 무엇이고 코칭을 통해서 얻고자 하는 것이 무엇인지 감지할 수 있어야 한다. 이런 점에서 코처는 통찰력이 필요하다. 다른 하나는, 코처는 코칭 스킬을 사용할 수 있어야 한다. 코치이와 효율적으로 의사소통하기 위한 기술을 가지고 있어야 하며, 이것을 기반으로 코치이의 상태를 자세히 진단하고 코칭의 목표를 이룰 수 있도록 코칭 과정을 제대로 이해해야 한다. 또 하나는, 코처는 자신의 전문 분야를 깊이 이해해야 한다. 코처는 다방면에서 슈퍼맨 혹은 만능이 아니다. 코처가 코치를 잘할 수 있는 것은 자신의 전공과 밀접한 것임은 부인할 수 없다. 코칭을 더 효과적으로 하려면 해당 분야에 대한 전문적인 이해가 필요하다.

【 Outlook 】
이것은 일견 외양을 보는 것만으로도 알 수 있는 것으로 미래를 내다보는 예지력이라고 할 수 있다. 우리 속담에 "될 성 부른 나무는 떡잎만 봐도 안다"는 말이 있다. 일반적으로 코처는 멘토와 달리 코치이의 인생 중 어느 시기에 관여하든지 짧은 시간만 관계를 맺는 일이 많다. 그래서 코치이의 장래를 생각하여 기억에 남을 수 있는 코처가 되어야 할 것이다. 이를 위해서 하나는 결과보다도 변화를 강조할 수 있어야 한다. 지금의 결과가 아니라 코치이에게는 더 크나큰 결과를 가져오게 하는 지속적인 변화가 더 그 인생에 중요하다. 둘은 코치이가 변화를 발견하도록 해야 한다. 누구나 즐겁게 느끼는 일은 싫증 내지 않고 하며 오랜 시간을 들여도 피곤하게 생각지 않는 법이다. 코치이가 자신의 잠재력을 발견하여 그것을 향상하는 기뿜을 느낄 수 있도록 해야 한다. 이런 것들은 코처가 코치이 미래의 위대한 잠재력을 현재 간파할 수 있는 예지력이 있을 때에 가능하다.

【 Affection 】

가장 힘들고 어려우며 누구나 불가능하게 보는 것임에도 그것을 가능하게 하고 성공하게 하는 것은 무엇일까? 그것은 그 일에 대한 열정과 사랑일 것이다. 바로 열정적 사랑, 이것이 코처에게 필요한 자질이다. 사랑의 힘은 그 어떤 힘보다 위대하고 강하다. 자기 자식을 죽게 만든 원수까지 사랑하는 이야기인 영화 《사랑의 원자탄》(강대진 감독, 이신재 주연, 한국, 1977)을 보면, 그 사랑의 힘이 대단히 폭발적이라는 것을 알 수 있다. 길 가는 나그네의 옷을 벗기는 것은 매서운 바람이 아니라 훈훈한 해의 미소이다. 코치이가 코칭 과정을 수행하고 변화를 가져오는 것 가운데 하나도 코처의 사랑의 힘이라고 할 수 있다. 코처는 먼저 자신을 사랑할 수 있어야 한다. 자신을 사랑할 수 있는 사람이 다른 사람을 사랑할 수 있으며, 사랑도 제대로 받아 본 사람이 제대로 된 사랑을 할 수 있다. 다음은, 다른 사람을 사랑하되 코치이를 진정으로 사랑해야 한다. 특히 코치이의 일을 자신의 일처럼 기뻐할 수 있어야 하며, 코치이가 그레믈린에 사로잡혀 있는 것을 보고 안타까워할 수 있어야 한다. 끝으로 자연과 신을 사랑해야 한다. 이 말은 순리대로 사는 것을 좋아해야 한다는 것이다. 코처는 코치이가 올바르게 사는 것을 도와야 한다. 진정한 사랑은 공명정대할 때에 가장 큰 힘을 가진다. 코치이가 도리에 어긋난 생각을 말했을 때에 그 비밀은 유지해야 하나 그러한 생각에 동참해서는 안 된다. 코치이로 하여금 바르게 사는 길을 제시해야 하는 것이 진정한 사랑이다.

【 Character 】

남을 돕는 일을 하는 사람은 성질이 좋아야 한다. 서비스업에서 최고로 여기는 미덕이 친절이듯이, 이러한 마음이 자연스럽게 우러날 수 있도록 인간성이 좋아야 한다. 특히 감정을 조절할 수 있는 것이 좋다. 리더 자리에 있는 사람 혹은 남을 지도하는 자리를 맡은 사람은 이것이 필요하다. 자신에게 상대가 상처를 입히거나 화낼 일을 해 올 때, 이것에 그냥 단세포적인 즉각 반응이 아니라 이를 통해서 서로 플러스가 될 수 있는 반응을 해야 한다. 이때에 필요한 것이 바로 감정 조절 능력이다.

코처는 코치이의 태도 변화에 따라서 희비가 엇갈리는 때가 많다. 이러할 때에 코치이의 감정에 구애됨 없이 코칭 프로그램을 성실하게 진행할 필요가 있다. 코치이의 감정을 이해하고 공감하지만 그것에 의해 코처의 감정이 좌우되면 안 된다. 더 나아가 화를 내서는 결코 안 된다. 화나 분은 때에 따라서 필요하지만 대체로 한 번 화를 내면, 그것을 순조로이 풀기도 어려울뿐더러 설사 인간관계가 겉으로는 회복되었다고 하더라도 그 앙금은 남아있는 경우가 있다. 우리 사회에서는 화를 잘 내고 다혈질적인 사람은 지도자로서 자질을 의심받는다. 물론 가는 말이 고와야 오는 말도 곱겠지만, 코처는 오는 말이 거칠어도 가는 말을 부드럽게 할 수 있어야 한다.

【 Humor 】

오늘날 현대인에게 가장 필요한 것은 바로 웃음이다. 현대 사회가 바빠

질수록 기계 문명이 우리의 시간을 많이 단축했지만 대부분 사람은 시간 때문에 스트레스를 받는 일이 많다. 주변의 급속한 변화에 마음 편하게 지낼 수 없을 때가 많기에 웃을 일이 별로 없다. 이럴 때 유머가 있으면, 각박한 상황이 돌연 변하고 편한 상태로 이완된다. 코처의 유머 감각은 바로 코치이의 불가능을 가능하게 바꾸고, 그의 단점을 장점으로 만들 수 있는 분위기를 자아낸다.

코치이에게 그의 나쁜 습관과 태도를 인정하면서도 고쳐야 한다는 것을 상대방이 부드럽게 깨달을 수 있도록 말하는 방법도 유머이다. 코치이가 자신의 변화에 불안해할 때, 이를 안정시키고 계속 코치하는 대로 움직일 수 있게 만드는 것도 유머다. 영화 《패치아담스》(로빈 윌리엄스 주연, 미국, 1998)의 주제는 바로 웃음이 환자를 치료하는 약이 된다는 것이다. 코치이의 감정으로 어루만져 주는 좋은 방법 가운데 하나가 유머이다. 코처는 유머 감각을 키우도록 개그나 코미디 프로그램, 그리고 유머나 콩트집을 자주 보며, 주변 환경에서 같은 것을 유머스럽게 표현하는 법을 익혀야 한다. 특히 코처라는 일이 남을 행복하고 즐겁게 하는 일이라는 차원에서 행동한다면 자연스럽게 남에게 기쁨을 줄 수 있는 말과 표현을 자주 쓰게 될 것이다.

— Coaching System

코칭 시스템은 바로 코칭 프로세스를 움직이게 하는 제도적 장치이다. 일반적으로 코칭 프로세스는 크게 두 가지로 구성되어 있다. 하나는 코칭 스킬이라고 하는 것으로 코처가 하는 코칭 대화의 기술이다. 다른 하나는 코칭 프로그램으로 코처가 코이치로 하여금 목표를 향해 행동하게 하는 메커닉이다. 두 가지를 대해서 간단히 생각해 보기로 하자.

【 Coaching Skill 】

코칭은 주로 대화에 의존한다. 만나서 하거나 혹은 전화로 하거나 많은 부분 대화를 통해서 하는 것이 통상적이다. 그래서 코처는 커뮤니케이션에 대한 일반적이고 개괄적인 이해를 해야 한다. 의사소통의 메커니즘을 바로 이해할 때에야 효과적인 코칭 멘트를 할 수 있기 때문이다. 의사소통이란 자신이 가진 생각이나 뜻을 상대에게 전달하여 상통하게 하는 것을 의미한다. 여기에는 발신자가 신호를 전하고 수신자가 신호를 받고, 그 내용과 의미가 정확한 것인가를 알도록 피드백하는 과정을 모두 포함한다.

세간에 코드 Code라는 말이 유행하였다. 이 말이 바로 의사소통에서 중요시하는 말이다. 코드가 같다거나 코드가 비슷하다고 하는 것은 발신자의 코드를 다른 사람은 몰라도 수신자는 알 수 있게 디코딩 Decoding할 수 있다는 말이다. 그런데 커뮤니케이션에서 주의해야 할 몇 가지가 있다.

하나는 역설적 의사소통으로, 의사소통은 여러 경로를 통해 일어나는데 이러한 한 경로의 메시지를 다른 경로의 메시지가 수정, 보완, 강화, 부정하는 일이 일어난다. 즉, 메시지의 상호 불일치가 가능하다는 것이다.

둘은 이중 구속으로, 한 사람이 다른 사람에게 논리적으로 상호 모순되고 일치하지 않는 두 가지 메시지를 동시에 진달하는 것으로 상대로 하여금 어떤 메시지에도 반응하지 못하게 하는 혼란 상황을 가져올 수 있다.

셋은 항상성 Homeostasis으로, 생물체가 자신의 안전성을 유지하려는 자율 조절력으로 의사소통 시에 이것이 일종의 규칙처럼 보호막을 형성하여 다른 대화 규칙이 끼어드는 것을 방해할 수가 있다.

넷은 대칭적 관계성 Symmetrical Relationship으로, 이것은 대화자 모두가 평등하다는 것을 뜻한다. 그러나 의사소통에서 보완적 관계 Complementary Relationship가 나타날 때는 상대의 반응에 따라서 순응적이고 맞추는 관계 유지가 되지만, 대칭적 관계가 되면 서로 반응이 상승하여 대화가 경직되고 언쟁으로 번지는 일이 생긴다.

위와 같은 의사소통의 위험성을 주의하고, 기본적인 대화에서는 다음과 같은 사항에 신경을 쓰면 커뮤니케이션을 효과적으로 하는 사람이 될 수가 있을 것이다. 특별히 중요하다고 생각되는 기술은 선택하여 별도의 장에서 상세하게 설명하기로 한다.

코치이의 관심을 먼저 생각하며 들어라

의사소통에서 상대의 이야기를 잘 듣는다는 것은 자신의 관심을 잠시 접어 두고 상대로 하여금 대화를 주도하게 하는 것이다. 이는 코치이의 말을 잘 들어줌으로써 그가 자발적으로 자신의 모든 이야기를 하도록 배려해준다는 것이다. 특히 편견을 가지지 않고 듣는 것이 매우 중요하며, 필요한 경우 상대를 똑바로 보며 간단한 긍정의 표시를 해줌으로써 코치이와의 대화에 참여하고 있다는 것을 보이는 것도 중요하다.

관계를 형성하라

대화를 통해서 관계를 형성하는 것보다 더 중요한 것은 없다. 사실 대화라는 것은 코처의 의사나 정보를 코치이에게 알리는 것도 되지만, 그보다 선행되어야 하는 것이 코처와 코치이를 긴밀하게 만드는 것이다. 이것을 상담에서는 라포 Rapport의 형성이라고 한다. 이것은 화자와 청자가 신뢰 관계가 되고 수용성 있는 상태로 코치이를 만드는 것을 의미한다. 다른 말로는 감정 이입이라고도 하는데, 코처가 코치이가 가진 단점이나 특성을 자신의 관점이나 도덕적 가치로 판단하지 않고 있는 그대로 모두 인정하고 이해하는 태도를 형성하는 상태이다.

침묵으로 경청하라

일상적으로 대화라는 것은 자기가 먼저 상투적으로 하고 싶은 말을 꺼내면 상대가 응대하여 답을 하거나 또 다른 하고 싶은 말을 하는 것으로 이어지는 것이 대부분이다. 그럴 때 수용성이 높은 대화를 하고자 한다면 침묵으로 경청하는 것이 매우 귀중한 방법이다. 코처가 코치이의 말을 들을 때에 의무적으로 무언가 메시지를 주어야 한다고 생각하는 때가 많다. 주로 하게 되는 것이 해결 혹은 반대나 비판, 그리고 간섭하게 되는 메시지인 경우가 대부분인데, 그렇게 하여 곧바로 응대하는 것보다 경우에 따라서 무언의 행동이 코치이에게 더욱 강한 코처의 의지와 적극적 경청 태도를 보이는 것이 되기도 한다.

피드백을 주고받으라

양방의 의사소통이 잘 이루어지려면 피드백을 하는 것이 필수적이다. 피드백으로 코처는 코치이가 자신의 말을 얼마나 이해하고 숙지하고 있는

가를 알 수 있고, 반대로 코처도 코치이가 한 말을 제대로 이해하였는지를 파악할 수 있다. 왜냐하면, 피드백으로 서로가 자신 말의 감정과 신체적 언어까지 볼 수 있는 여유가 생기기 때문이다. 피드백은 일명 서로에게 거울이 되는 것으로 코칭 대화에서 핵심적으로 중요하다.

"나" 전달법을 사용하라

통상 I-massage로 통하는 나 전달법은 일상적인 표현인 You-massage보다 상대를 더 배려하는 느낌이 들게 한다. 우리가 통상적으로 이야기하는 명령어는 대개 주어가 상대로 되어 있어서 상대의 감정과 경험은 고려하지 않고 일방적인 전달과 지시에 가깝게 들리게 된다. 그러나 나 전달법은 말하는 사람이 자신의 경험으로 이야기하게 되므로 청자가 방어적 자세보다 화자의 입장을 고려해서 자신의 행동을 결정할 수 있게 하고, 상대의 행동을 비난 없이 설명하게 하는 장점을 지닌다.

온유하게 말하라

"유순한 대답은 분노를 가라앉힌다."라는 말이 있듯이 서로 의견 차이가 대두할 때에는 더욱이 이런 태도를 보이는 것이 필요하다. 논쟁은 그 싸움의 승자가 누구든 상대로 하여금 진정으로 인정하게 하기가 어렵다. 상대를 친구로 만드는 것은 논리적 언쟁이 아니라 상대의 감정적 이해가 먼저다. 자극적이고 직설적인 표현은 상대에게 효과적인 전달 방법이라고 혹자는 생각하기 쉬우나 오히려 의사소통에 장애가 된다. 특히 문제가 있다면 그 문제를 가지고 말을 해야 하고 사람에 대해서는 말하면 안 된다.

우리가 흔히 범하기 쉬운 명령, 강요, 인신공격, 훈계, 경고, 조롱, 잔소리, 캐묻기 등은 상대의 감정을 자극한다는 것을 잊어서는 안 된다. 내가 듣기 좋은 말이 상대에게도 좋으리라 생각하여 부드럽게 말하는 습관을 키워야 한다.

극단적인 말을 피하라

우리는 흔히 상대의 공격이 지나치면 우리도 더 강하게 상대를 공박하고 몰아붙이는 일이 많다. 그러나 대화 중에 아무리 충격적인 말을 들었다 하더라도 반드시 상대에게 상처가 될 말은 하지 말아야 한다. 특히 코처와 코치이 두 사람의 관계를 무위로 돌리는 그런 말은 어떠한 경우에서든지 피하도록 해야 한다. 관계가 단절될 정도의 말은 원수에게 해당하는 것임을 알아야 한다. 따라서 사전에 친한 사이가 되어 상대의 약·단점을 알게 되면 될수록, 그것으로 상대를 공격하는 실례는 하지 않도록 평소에 주의해야 한다.

관계된 이야기를 하라

많은 사람이 대화 중에 자신들과 관계 없는 제3자에 대한 것이나 사소한 것을 말하므로 대화를 진척하지 못하고 단절시키는 일이 많다. 코칭을 할 때에도 너무나 사소한 신변 이야기를 잡다하게 하고, 주변 사람의 비판과 평가를 이야기하다가 정작 중요한 대화를 못 나누는 경우가 있다. 이러한 대화를 우리는 흔히 수다 chattering라고 하는데, 분위기와 기분 전환을 위해서 잠시 필요하지만 길게 가지 않도록 주의해야 한다. 따라서 시간이 지체

된다면 관계 없는 이야기는 더 중요한 이야기를 나눈 후에 하도록 코치이의 양해를 구하는 것이 좋다.

【 Coaching Model 】
먼저 몇 가지 자주 사용하는 코칭 프로세스 모델을 살펴보자.

GROW

가장 흔히 사용하는 단계로 Goal · Reality · Option · Will이있다. 먼저 Goal은 코칭의 목표를 정하는 단계이다. 코처는 코치이로부터 코칭 이슈를 발견하고 코치이가 말하는 내용을 명료화하여 코칭의 방향과 목표를 정해야 한다. 이때 목표는 구체적이며 실행 가능해야 하고 정해진 시간에 평가할 수 있는 것으로 해야 한다.

둘째로 Reality는 현실 파악하기로, 코치이가 변화하고자 하는 기반이 어떤지를 자세히 살피는 것이다. 코치이의 장애물이 무엇인지 코처의 통찰력을 동원하여 코칭의 목표와 코치이 현실 사이의 틈을 파악한다.

셋째로 Option은 대안을 수립하는 단계로 어떤 방법으로 목표에 도달할 수 있을 것인가를 생각해 보는 것이다. 코치이의 자원을 잘 살펴보고 어떤 행동에 변화를 주어서 목표에 다가가는 변화된 모습이 될 것인가를 찾아보는 것인데, 주로 브레인스토밍 Brainstorming을 사용하는 것이 좋다.

끝으로 Will은 실천 의지를 확인하는 행동 단계인데 코처와 코치이가 상호 책임으로 코칭 세션이 끝나고서 나타나는 행동 변화를 보이는 것이다. 따라서 코처는 코치이에게 코칭을 통해 서로 약속하고 실행하기로 한 요소들을 수행할 수 있도록 촉구하고 그렇게 하도록 다짐받아야 한다.

샌디 바일러스 Sandy Vilas Coachinc.com

이곳에서는 3단계 유니버설 모델 Who, What, How와 5단계 코칭 대화 모델을 중심으로 코칭을 진행한다. 유니버설 모델은 코처가 개인과 팀원을 대상으로 1단계에서 자신이 누구인지 발견하도록 돕고, 2단계에서 자신이 가장 원하는 것을 확인하도록 도우며, 3단계에서 목표를 어떻게 달성할 것인지 전략을 세울 수 있도록 돕는 것이다.

마셜 쿠크 Marshall Cook Business Coaching

❶ **기회를 정의한다** | 위기는 곧 도전이고 도전은 기회며 기회는 승리하기 위한 밑거름이다. 문제가 생긴 것을 기회라고 생각해야 한다.

❷ **목표를 정의한다** | 목표는 눈으로 볼 수 있을 정도로 명확하게 정해야 한다.

❸ **행동 방침을 만든다** | 행동 방침은 목표의 정의를 가지고 목표를 달성할 수 있는 구체적 지침을 명제로 설명하는 것이다.

❹ **실행 계획을 수립한다** | 구체적인 계획이 나올 때까지 토의를 계속해야 하며 언제부터 그것을 할 것인지 명확하게 인식해야 한다.

❺ **평가 기준을 설정한다** | 실행 계획이 제대로 수행되는지 알 수 있게 하려면 평가를 세심하게 해야 한다.

❻ **이해 여부를 확인한다** | 토의가 끝나기 전까지 모든 결정 사항에 대하여 분명하고도 똑같은 이해를 공유하는지 확인해 보아야 한다.

❼ **차후 계획을 수립한다** | 다음 미팅 때까지 각자가 알아서 스스로 할 사항들을 구체적으로 확인한다.

로버트 하그로브 Robert Hargrove Masterful Coaching

❶ **리더들을 비범한 코칭 관계에 등록시켜라**

① 인간관계를 구축할 수 있도록 서로 파악한다.

② 코칭 경험을 공유함으로 리더십 코칭에 대한 색조를 정하라.

등록은 자발적 감정적 헌신을 끌어들이는 것이며 사람들이 열정적으로 느끼는 것이 무엇인지 파악하고 그들이 직면한 리더십 및 사업상의 도전 과제를 끌어 내는 것을 포함한다. 비범한 코칭 관계는 지속적인 과정 성공을 위하여 계속 다음 단계를 지향해야 한다.

❷ **경영자가 자신과 조직을 위해 불가능한 미래를 설계하도록 코칭한다** | 불가능한 미래를 설계하려면 코치이가 열정적으로 관심을 두는 것과 개인적 야망을 가능하다고 선언하고 그것을 실현할 자세를 취하는 것이다. 그리고 그것을 방해하는 요소들의 도전에 대해서 맞설 준비를 해야 한다. 다시 말해 창조적 리더가 되지 않으면 불가능한 미래를 실현할 수 없다.

❸ **360도 피드백을 모아 리더십 재창조 계획을 만들어라** | 불가능한 미래를 가능하게 하려면 개인과 조직이 재창조되어야 하는데, 이는 리더십 스타일을 근본적으로 바꾸는 것을 의미한다. 리더십의 특성 목록을 가지고 면담을 통해 피드백 과정을 준비한다. 특별히 피드백은 Unfreeze→

Transform→ Refreeze 모델을 가지고 리더의 습관적 자아, 승리, 전략, 행동 패턴에 대한 확실성을 충분히 제시해야 한다. 이전의 패턴이 다시 나타나지 않도록 리더십 돌파구 프로젝트의 한두 가지 영역을 선정해, 코칭 참여의 전 과정을 위한 하나의 프로젝트에 초점을 맞추는 것도 권장할 만하다.

❹ **경영자와 그의 팀과 함께 행동 전략을 계획하라** | 리더와 스태프가 전략적 행동 계획을 하는 것으로 브레인스토밍을 통해서 다음과 같은 질문을 검토해봐야 한다.

㉠ 우리는 지금 어디에 있는가? | 불가능한 미래로 나아갈 수 있게 하는 가장 빠른 방법은 현재 위치를 분명히 밝히는 것이다. 무엇이 어떤가?를 살펴보는 것으로 성취한 것들이 무엇인지, 무엇이 작동되고 되지 않는지 등을 생각해야 한다.

㉡ 우리는 어디로 가고 있는가? | 이것은 획기적 연간 목표와 우선순위를 정하는 것으로 각 목표를 달성하기 위한 충분조건을 살펴본다. 특히 30일 동안 사람들이 해야 할 일을 알리는 것도 중요하다.

㉢ 차이를 가져오는 데 부족한 것은 무엇인가? | 이것은 목표가 실현되도록 하는 데에 필요한 것이 무엇인가를 파악하는 것이다. 비전을 그려보고 이 비전을 실현할 성취 구조를 만들어 보는 것이다.

❺ **엄격하고 적극적인 월간 후속 조치를 통해 리더의 효율성을 코칭하라** | 리더들이 다른 사람이나 환경, 사건 등에 휩쓸리지 않고 미래를 현실로 만들도록 목표에 집중하게 하는 것이다. 더 나아가 리더들이 효과적으로 성장하도록 지속적인 코칭을 통해 그들의 목표나 과제가 달성하도록

개입하는 것이다. 그리고 리더들이 자신의 말에 책임을 지는 맥락을 창조하도록 엄격하게 후속 조치를 하는 것이 포함된다.

— Coachee

코치이는 기본적으로 코처의 조언과 생각에 대해 열린 사람이어야 한다. 이것이 코칭받을 수 있는 최소한의 자질이다. 자폐적이거나 지나친 자기중심적인 사람은 코칭을 받을 수 없다. 상대의 의견에 공감하진 못하나 그것을 참고할 수 있거나, 자기와는 처지가 다르지만 상대가 말하는 것에 최소한의 이해력을 가진 자가 되어야 할 것이다. 더구나 코처에게 자신과 자기가 가진 꿈과 이상을 정확하게 말할 수 있는 최소한의 의사소통 자질은 가져야 한다. 코치이가 코칭에 임하는 데 지녀야 할 자질을 간략하게 알아보자.

【 Confidence 】

이것은 신뢰성이라고 하는데, 코치이는 코칭을 받음에 그 코처를 신뢰해야 한다는 것이다. 코처를 믿지 못하고는 코칭의 효과는 두드러지게 나타날 수 없다. 컨피던스의 다른 뜻 가운데 하나는 자신의 속내를 드러낸다는 것이다. 그래서 코치이는 코처에게 자신의 깊은 이야기도 할 수 있을 정도가 되어야 할 것이다. 그래서 만약에 코처가 못 미덥다고 생각되면, 신뢰할 수 있는 코처를 선택하는 것이 좋다. 왜냐하면, 처음부터 끝까지 코칭 프로세스는 코처와 코치이 간의 신뢰 관계가 그 밑바탕이 되기 때문이다.

【 Optimization 】

이것을 최적화나 적합성으로 말할 수 있다. 컴퓨터에서 자료들을 가장 손쉽게 찾으려면 그 컴퓨터 사양에 맞추어서 자료를 메모리에서 잘 찾을 수 있도록 배치해 놓아야 한다. 그처럼 코칭을 받을 때에, 코치이가 최대한의 효과를 내려면, 코칭 시간의 배려나 코칭하는 동안에 환경 조성이나 코칭에서 원하는 목표를 이루도록 주어진 과제나 업무 수행 혹은 규칙들을 최대한 성취할 수 있도록 해야 하는 것을 말한다. 코칭에 필요성을 느껴서 코치이가 참여하였다면, 코처가 코치이에게서 코칭 효과를 극대화할 수 있도록 준비된 최적화 상태를 유지할 필요가 있다.

【 Accountability 】

사춘기의 아이들에게 "왜 그러냐?"고 묻는다면 그들은 십중팔구 "내 마음 나도 몰라!"라고 대답할 것이다. 심리적으로 걷잡을 수 없는 세대인 만큼 어느 정도 그들의 대답은 진실이다. 그러나 논리적으로는 자기를 가장 잘 아는 사람이 자기일 수밖에 없으므로, 자신도 모르는 것을 남이 어떻게 알 수 있는가? 하는 난감한 문제에 봉착한다. 어카운터빌리티는 책임이라고 번역하는데, 특별히 자기를 설명할 수 있는 책임을 말한다. 코치이는 최소한 자신의 이야기를 코처가 알아들을 수 있도록 말해야 한다. 코치이의 상태는 코처가 판단하거나 평가할 수 있지만, 코처가 진단하고 분석할 수 있도록 코치이 자신이 생각해온 바와 현재 상태를 정의는 내릴 수 없어도, 설명은 코칭에 있어서 코치이가 꼭 해야 할 책임이 있다.

【 Character 】

심리학자마다 용어에는 의견이 다를 수 있지만 공통으로 인정하는 것은 사람의 성격은 변할 수 있는 부분과 변할 수 없는 부분이 있다는 것이다. 그래서 교육과 훈계를 통한 성격 교정이 어느 정도는 가능하지만 타고난 자신의 성격을 다 바꿀 수는 없다는 것이다. 그래서 본연의 성격을 Character라고 하며, 후천적인 품격을 Personality라고 한다. 어문학적으로 character는 인간의 사고, 감정, 행동 양식을 결정하는 도덕적인 면이 강조된 개념을 나타내고, personality는 사회적, 개인적 관계에서 행동 양식을 결정하는 정적인 면이 강조된 개념으로 본다. 어떤 의미에서 전자는 생물학적인 요소로, 후자는 사회학적인 요소로 구별하기도 하며, 최근의 연구 추세는 서로 혼합, 교차하는 의미로 사용하기도 한다. 다만, 여기서는 성격의 두 가지 특성을 대변하는 심리학적인 의미로 사용하기로 한다. 여기서 캐릭터를 언급하는 것은 코칭에서 코치이가 자신을 이해해야 하는 측면이 있음을 강조하기 위함이다. 자신을 있는 그대로 인식하는 것이 코치이에게 필요하다. 더구나 그가 세운 목표가 도달할 수 있는 것인지, 그럴 수 없는 것인지를 분별하여 실천 가능하고 성취 가능한 목표와 과제를 세워야 하는 것을 말한다. 변화할 수 없는 것에 미련을 두지 말고 변화할 수 있는 것에 초점을 맞추는 것이 코칭 프로세스의 효과를 극대화할 수 있는 요점이 된다. 코칭에서 불가능을 가능케 하는 것도 중요하지만 가능한 것임에도 하지 못하던 것을 실천할 수 있도록 하는 것이 더 중요하다. 그런 점에서 코치이가 자신의 한계를 바로 인식하는 것은 코칭의 목표를 효과적으로 성취하게 하는 요인이 된다. 물론 반대로 코처도 코치이의 본디 성격을 알고 있어야 할 것이다. 그래서 코치이를 있는 그대로 이해하는 것도 필요하다.

【 Emotion control 】

사람을 현재 생활에서 벗어나지 못하게 하는 원인이 과거와 그에 대한 감정이라고 심리학자들은 말한다. 그래서 과거와 화해를 하든지 잊어버리든지 그것을 인정하며 살든지 나름의 극복 방법을 체득해야 만족스러운 현실을 느끼면서 살 수 있다고 한다. 코칭을 원하는 사람들이 어떤 면에서는 작은 개인적인 문제나 고민으로 코칭을 받고자 할 수 있다. 그러나 코칭을 통해서 더 나은 삶을 살고자 하는 사람들은 조그마한 삶 문제를 해결하는 것보다, 더 높은 차원의 삶 목표를 성취하고자 하는 경향이 높다. 작게는 승진과 현재의 만족에서부터 자아의 실현과 어려서부터 꿈꾸어 왔던 미래를 위해 도약하고자 하는 일이 많다. 그러한 코치이들에게 필요한 자질 가운데 중요한 하나가 바로 감정의 조절이다. 누구나 멋진 삶을 꿈꿀 때 생각하는 자아의 모습은 리더로서의 모습이다. 그 이미지가 앞에서 선두 지휘하는 용감한 사자이든지 아니면 묵묵히 성실하게 일하는 소의 모습이든지 그 리더십의 양태가 어떠하든지 말이다.

이처럼 남에게 다소를 불문하고 영향을 끼치는 삶을 코치이가 생각하고 있다면, 반드시 자신의 감정을 조절하는 것이 중요하다. 그래서 이모션 컨트롤은 코치이가 지녀야 할 필수 요소라고 할 수 있다. 더구나 과거 자신의 실패 경험이나 그에 대한 후회에 코치이의 감정이 몰려있는 경우에는 코칭이 제대로 그 효과를 낼 수 없는 것은 자명하다. 따라서 감정을 조절하여 지나치게 과거에 대해서 후회와 실망하는 것이나 현실에 강한 불만을 갖는 것, 지나친 경쟁의식으로 미래를 설계하는 것 등은 피해야 할 것이다. 코칭 시에는 그것에 몰두할 수 있도록 자신의 감정을 어느 정도는 다스릴 줄 아는 것이 코치이에게는 필요하다.

【 Expectation 】

코치이가 현실보다 더 나은 삶을 꿈꾸며 코칭을 받으면서도, 코칭을 통해서 자신 삶의 질이 지금보다는 높아지리라는 것을 기대하지 않는다면 어떻게 될까? 말할 것도 없이 그 코치이에게 코칭은 무용지물이 될 것이다. 그래서 코칭에 임하는 코치이는 반드시 그 코칭에 거는 기대가 있어야 한다. 김수영은 그의 시 〈거미〉에서 "내가 으스러지게 설움에 몸을 태우는 것은/ 내가 바라는 것이 있기 때문이다."라고 노래를 하였다. 미물인 거미도 바라는 것이 있어서 까맣게 그을릴 수 있다면, 만물의 영장이라는 사람에게 있어 기대하는 마음은 현실을 열심히 살 수 있는 근거가 된다. 신이 인간을 위해서 자연에 위탁해 놓은 우주의 법칙이 세 가지라고 한다. 하나는 누구나 뿌린 대로 거둔다는 것이고, 다른 하나는 스스로 노력하는 자를 돕는다는 것이며, 마지막 하나는 바라는 것은 이루어진다는 법칙이다.

우리는 모두 아! 대~한민국!과 함께 "꿈은 이루어진다"는 말을 상기할 수 있을 것이다. 인간은 누구에게나 꿈꿀 자유가 있으며, 바랄 수 있는 꿈을 꾸는 사람에게는 그 꿈이 미래의 어느 순간에는 현실이 되어 있을 것이다. 삶의 변화를 위해서 코칭을 선택한 코치이는 기대를 하고 코칭에 임해야 하며, 그 바라는 기대가 명확한 것일수록 코칭에서 그가 성취할 수 있는 확률도 비례해서 더 높아질 것이다.

2장

장

라이프 코칭의
패러다임

Paradigm of
Life Coaching

패러다임 Paradigm 이란 토머스 쿤 Thomas Kuhn이 그의 저서 『The Structure of Scientific Revolutions』에서 처음 사용한 말로, 과학 활동에서 새로운 개념이 객관적 관찰을 통해 형성되는 것이 아니라 **연구자 집단이 모두 받아들이는 과정에서 형성된다는 것**이다. 이러한 집단이 신뢰하는 과학 내용과 수단이 패러다임에 기인한 것인데, 사람들은 이를 통해 이 패러다임이 전환되기까지는 그 방식을 모범과 본으로 삼아서 평가의 기준으로 사용하는 것을 의미한다.

　라이프 코칭이 가능한 이유가 몇 가지 있다. 사람들이 코처를 원하고 **코칭을 받고자 하는 이유가 무엇인지를 규명해 보는 것이 바로 코칭 패러다임이다.** 많은 사람이 자신의 삶에 대한 변화를 원할 때 바로 이 변화의 메커니즘을 형성하는 것이 코칭 패러다임이라고 할 수 있다. 그래서 패러다임이 전환되지 않는 한 같은 이유로 코칭은 지속할 것이고, 전환되기 전까지는 **코칭의 효과나 코칭의 필요성에 대해서 사람들은 신뢰할 수 있는 원인을 갖고 될 것이다.** 일반적으로 생각해 볼 수 있는 코칭 패러다임에 이바지하는 요소는 크게 코칭의 대상자인 인간에 대한 이해와 코칭을 통해서 유익을 얻을 수 있는 실제적 효과성에 있다.

인간 이해

···욕구적 인간

서문에서도 밝혔지만 인간은 모순된 존재다. 자신 삶에 변화를 원하면서도 그 변화를 위하여 행동하지 않는 존재이다. 그래서 그들에게는 행동을 자극하는 것이 필요하고, 그 자극을 느낄 수 있도록 하는 것이 바로 코처의 일이다. 사람이란 뜻은 바로 살아있다는 것이다. 삶이라는 단어 속에는 살아있는 사람이 숨어 있으며, 살아있는 사람은 움직일 수밖에 없는 존재이다. 그래서 삶이란 항상 진행형의 모습이지 그 자체로는 멈추어 있거나 정지된 형태로는 표현할 수 없다.

사람의 움직임 속에는 방향이 있다. 흔히 청소년기를 이유 없는 반항의 시기라고 하지만 그들이 반항적 행동을 하는 데에는 심리적, 생리적 이유가 있다. 다만, 그들이 자각하거나 인지를 못하고 있을 뿐이다. 사람들이 움직이는 데도 바로 이유가 있는 것이다. 어떤 것에는 반응을 보여도 어떤 것에는 반응을 보이지 않거나 어떤 일에는 환호하고 다른 어떤 일에는 발끈하는 등의 정도 차이가 다르게 행동하는 이유이다.

이것을 우리는 인간을 움직이게 하는 동인 動因이라고 말한다. 우리가 행동을 할 수밖에 없는 원인이 되는 것을 말한다. 우리에게 동력이 되어 우리가 움직이게 되는 이유는 바로 우리에게 "욕망 Desire"이 있기 때문이다. 누구나 "사람은 무엇으로 사는가? What men live by?" 혹은 "사람은 무엇을 위해 사는가? What men live for?" 하는 생각을 해보았을 것이다. 이것을 코칭 패러다임에서 보는 관점은, 인간에게는 자신이 하고자 하는 욕구가 있고 그것 때문에 혹은 그것을 위하여 사는 것으로 생각한다.

우리나라 정치권의 특징은 선거 때만 되면 정계를 은퇴했거나 은퇴할 나이의 사람들이 등장하여 차기 정권에 한 축으로 자신의 힘을 과시하려고 하는 것이다. 이미 3전 4기의 신화도 생겼으니, 노회한 정객들이 모여서 현 정세를 이야기하고, 차기 선거에서 삼세판을 외치며 자신들의 소임을 하고자 하는 것은 막을 수가 없다. 그만큼 그들이 자신의 힘을 과시할 수 있도록 내버려 두는 국민의 낙후한 동조가 있는 한 활개가 가능한 것이다. 어느 정도 문화 수준이 있는 국민은 말할 것이다. 그들이 그러는 것은 욕심이라고 말이다. 그러나 욕심이란 지나친 욕구라는 것이지 그것 자체가 무슨 범죄는 아니다. 그 욕심 때문에 죄를 질 수는 있어도 욕심 그것은 욕구의 한 표현에 불과하다. 그래서 인간에 대해 독일 철학자 니체 Friedrich Nietzsche는 인간은 권력을 위하여 사는 존재라고 간단하게 말했던 것이다. 니체가 본 인간은 바로 "권력에의 의지"를 향한 삶을 산다. 그만큼 인간이 살아야 하는 이유가 있다면 그것은 무엇인가를 쟁취하고자 하는 것으로 생각했던 것이다. 그것이 인간 각자 다르다고 할지라도 무엇인가를 추구하며 사는 것은 맞다고 볼 수 있다.

통상적으로 동양에서는 인간이 인생을 살면서 가지는 욕구를 다섯 가지

五慾 로 보았다. 그것은 재물욕, 식욕, 색욕, 명예욕, 수면욕이다. 사람마다 우선순위가 다르겠지만, 이러한 것들을 위해 사람이 산다고 보았던 것이다. 자세히 보면 인간이면 누구나 이러한 욕심에서 벗어나기가 어렵다는 것을 느끼게 된다. 그래서 이러한 욕심을 버리고 사는 사람을 수행자라고 했으며, 다 버리고 사는 사람은 성인 聖人 으로 생각하였던 것이다.

미국의 심리학자 머슬로우 Abraham Maslow, 1908-1970 『Motivation and Personality』(1954)라는 저서를 통해서 인간이 가지는 욕구에 대하여 심층 분석하였다. 그는 인간 스스로 욕구를 충족하려 노력한다고 보았으며, 임상 실험을 통해서 얻은 증거를 가지고 5가지의 단계적 욕구에 관해서 말하고 있다. 그가 말하는 것은 인간은 생리적 욕구, 안전 욕구, 사회적 욕구, 존중 욕구, 자기실현의 욕구 등 5단계로 구성되어 있으며 하위 욕구가 만족되면 다음 상위 욕구에 대한 만족을 추구하게 된다는 것이다. 그는 인간의 유기적 필요 Organismic Needs에 초점을 맞추어 인간이 보편적으로 지닌 공통적인 욕구를 다음과 같이 전개하였다.

하나, Physiological

생리적 욕구는 인간의 가장 기본적인 욕구로 의식주, 성 性과 관련된 욕구이며, 인간은 이러한 기본적인 욕구가 충족되지 않으면 다른 고차원의 욕구 행동을 일으킬 수가 없다.

둘, Security

안선 욕구는 외부적 위험과 생리적 욕구의 불안에서 벗어나고자 하는 욕구로 조직의 구성원일 때는 작업 조건의 안정성이나 지위 보장에 관한 것으로 볼 수 있다.

셋, Social

사회적 욕구는 인간이 사회 속의 존재로서 자신의 집단에 대한 소속감, 친분, 교우 관계에 대한 욕구를 말한다. 개개인은 동족 집단에 소속되고 싶어 하며, 그곳에서 같은 생각을 하는 사람들과 어울려 정을 나누기 원한다. 이것이 좌절되면 조직 목적을 위태롭게 하는 데 일조하고 비협조적인 사람이 된다.

넷, Esteem

존경 욕구로 사회적 욕구가 충족되면 사람은 조직의 일원으로서뿐만 아니라 개인으로서 특정한 위치를 가지고자 한다. 그래서 지식과 명예를 찾아다니며 이것이 충족되지 않으면 열등감을 가진 채로 살게 된다. 자기 가치를 타인으로부터 인정받기를 원하는 것으로 성취감을 느끼는 것이다.

다섯, Self-actualization

자아실현의 욕구로서 자신의 잠재력과 능력을 극대화하여 가능한 최고의 모습이 되려고 하는 욕구이다. 이 욕구는 자신의 능력을 구현해 자기 발전적으로 계속해서 자아 발전을 꾀하려는 욕구이다.

위의 이론을 한층 더 단순하게 보완한 사람으로는 크레이턴 앨더퍼 Clayton Alderfer가 있는데, 그는 『An Empirical Test of a New Theory of Human Needs』(1969)에서, 인간의 욕구는 단계적으로 하나씩 상층으로 옮겨 가는 것이 아니라, 한 시점에서도 둘 이상의 욕구가 동시에 발생할 수 있다고 보았다. 앨더퍼는 저차원 욕구와 고차원 욕구 간의 기본적 구별이 필요하다고 생각하고 머슬로우의 5가지 욕구 단계를 세 범주로 구분하였다.

　하나는 존재 욕구 Existence로 생리적 욕구나 물리적 측면의 소속 욕구
이며, 둘은 관계 욕구 Relatedness로 대인관계 측면의 안전소속 욕구 또는 애
정 욕구이며, 셋은 성장 욕구 Growth로 자아실현 욕구, 일부 존경 욕구 등을
의미한다. 욕구의 첫 글자를 따서 ERG 이론으로 불리는 이것은 머슬로우
가 명확하고 구체적인 데 반해서 앨더퍼는 포괄적이고 추상적인 면이 있
으나 인간의 욕구를 무의식이 아닌 의식 세계에서 다루어 욕구 구조에 개
인차가 있음을 인정하고, 만족-진행 Satisfaction/ Progression뿐만 아니라 좌절-
퇴행 Frustration/ Regression 요소도 언급한다. 이것은 일명 좌절 역행이라고 하
는 것으로 상급 수준에 만족할 수 없고 좌절하게 되면 저급 수준으로 그
만족의 방향을 돌리는 것을 말한다. 예를 들면 직업 환경에서 성장의 기회
가 적거나 없는 조직의 구성원은 조직에 대해 더 낮은 수준으로 행동할 수
있음을 말한다.

▪▪▪동기 부여

　"말을 물가로 데려갈 수는 있어도 물을 마시게 할 수는 없다"라는 외국
속담이 있다. 또한, 우리 속담에 "평안감사도 제 싫으면 그만"이라는 것도
있다. 이것은 무엇을 억지로 하게 할 수 없다는 말을 의미한다. 그것은 바
로 욕구를 모르거나 욕구를 느끼지 않는다면 사람은 움직이지 않는다는
것을 말해 준다. 낮에 친구랑 만났는데 "점심 먹었냐? 밥 먹으러 가자!"라
고 물어보는 친구의 마음에는 상대에 대한 생각이 있다는 것을 의미하기

도 하지만, 심리적으로는 물어보는 당사자가 배고프고 식욕이 있다는 것을 말한다. 그래서 식사를 하고 왔어도 친구의 배려를 존중하고 받아들이는 것이 상대를 위하고 인간관계를 원만하게 하는 방법이다.

여기서 말이 알아서 물을 먹도록 소금을 넣은 귀리를 먹이는 것도 좋은 방법이고, 어떤 타당한 이유를 설명하여 평안감사를 하도록 하는 것도 좋은 방법이다. 이렇게 사람으로 하여금 스스로 할 수 있게 하는 것, 욕구를 인식하고 그 욕망을 위하여 투신하게 하는 것을 우리는 동기 부여 Motivation 라고 말한다. 동기 부여야말로 코처가 주의 깊게 연구하고 지니고 있어야 할 코칭 스킬이라고 할 수 있다. 그것은 바로 코치이로 하여금 코칭 프로그램대로 행동하게 하는 가장 중요한 수단의 하나이기 때문이다.

개인의 어떤 행동의 성과나 업적의 수준은 크게 두 가지 요인인 동기와 능력의 영향에 의해 결정되는데, 동기가 유일한 요인은 아니지만 가장 주된 영향 요인인 것은 분명하다. 동기 부여는 그동안 수많은 학자가 그 의미를 분석했지만, 고정적인 기본 의미는 바로 "움직인다 Movere" 는 데에 있다. 일반적으로 동기 부여는 개인이 어떤 욕구의 충족이나 목표의 성취를 위해서 노력이나 에너지를 소모하는 행동 과정으로 정의한다. 그래서 동기란 목표 지향적인 행동을 자극하고 고무하는 내적 상태라고 생각한다.

에드워드 톨먼 Edward Chase Tolman, 1886~1959 은 동기에 관한 그의 심리적 모형에서 행동은 환경적 자극과 생리적 상태에 의해서 유발되어 유기체 내의 중개 변수 Intervening Variables을 통해 나타난다고 보았다. 즉, 일정한 때에 행위자에게 주어지는 환경적 실체인 자극과 충동 상태가 욕구 만족을 위한 대상을 추구하는 힘을 갖게 되고, 다음에 특정한 목적 대상을 선택하여 직접적 행동으로 표출한다는 것이다.

그래서 월러스 M. Wallace는 동기를 ❶ 개인의 행동을 촉발하고 격려하는 요인들에 집중하는 부류, ❷ 과정 지향적인 것으로서 행동의 선택, 방향 그리고 목표에 관심이 있는 부류, ❸ 행동이 시작되고 유지되고 또는 중단되느냐에 관심이 있는 부류들로 세 방향에서 정의할 수 있다고 보았다. 그래서 동기는 그 정의들을 종합한 결과 세 가지 속성이나 측면을 통해서 논의할 수 있는데, 하나는 인간 행동을 활성화하는 측면, 둘은 인간 행동의 방향을 설정하거나 목표를 지향하도록 통로화하는 측면, 셋은 인간 행동을 지속 또는 계속시키는 측면이다.

이러한 공통적 측면에서 인간이 무슨 행동이나 일 하는 것의 기본적 바탕을 보면, 그 행동이나 일을 통해서 무언가를 성취하려는 욕구가 있다. 성취 욕구란 어려운 일을 성취하려는 욕구, 무지를 극복하고 높은 수준을 유지하려는 욕구, 자신을 한층 탁월하게 만들고 앞서려는 욕구, 자신의 능력을 스스로 성공적으로 발휘함으로써 자부심을 높이려는 욕구여서 이것으로 동기를 부여해야 한다고 생각한 사람이 맥클랜드 David McClelland이다. 그래서 맥클랜드는 어느 조직이 성공하려면 성취 욕구가 높은 사람들을 중심으로 조직을 구성하고 그들로 하여금 높은 성취 동기를 유지하도록 하는 것이 성패의 열쇠라고 보았던 것이다.

또한, 사람은 일을 통해서 만족하는 사람이 있지만 만족하지 않는 사람도 있다-그렇다고 만족하지 않는 것이 곧 불만이 있다는 것을 의미하는 것은 아니다.-는 것에 착안하여 게르하르트 헤르쯔베르크 Gerhard Herzberg 는 만족을 할 수 있게 된 배경으로 동기 요소와 함께 위생 요소 Hygiene

Factor를 강조한다. 그의 이론적 특징은 ❶ 인간을 불쾌한 것을 피하려는 것과 개인적 성장을 원하는 이원적 욕구 구조 존재로 파악한다. ❷ 조직 생활에서 불만과 만족은 별개의 차원에 있으며, 불만의 반대가 만족은 아니지만 양자는 엄밀하게 구분된다는 것이다. 그래서 인간은 일에 불만을 느끼면 자기가 일하는 환경에 관심이 있게 되며, 반대로 일에 만족하는 경우 그 만족은 일 그 자체와 관계가 있다는 것이다.

동기 부여의 필요성을 강조한 현대 학자로는 브롬 H. Vroom이 있다. 사실 동기 부여의 과정 이론은 개인이 어떤 목표를 성취하려고 왜 특정한 행동을 하게 되는가에 대한 해답을 얻으려는 것이다. 개인이 목표 달성을 가능하게 하는 여러 가지의 행동 대안들 가운데 어느 하나를 선택하는 과정에 중점을 두는 이론이다. 브롬은 특별히 기대 Expectory를 강조한다. 그것은 바로 동기 부여를 여러 자발적인 행위 가운데서 사람들의 선택을 지배하는 힘이나 과정이라고 볼 때에, 기대란 어떤 특정한 행동을 하면 어떤 특정한 결과가 나타날 것이라는 가능성과 관련된 믿음이기 때문이다. 인간이 어떤 행동을 했을 때 나오는 결과는 두 차원으로 나타나는데, 하나는 일 그 자체와 관련된 것들로서 직무성과 생산성 등 직무 수행 노력의 결실이며, 다른 하나는 그 결과가 가져다주는 것으로 생각할 수 있는 보상으로 임금 인상, 승진, 상급자의 지지, 조직의 인정 등과 같은 것이다.

위와 같은 기대 이론은 3가지 조건이 있어야 하는데, 첫째가 개인이 열심히 일하면 그들의 성과가 증진될 것이라는 노력-기대이며, 둘째는 높은 성과는 바람직한 보상을 반드시 받아야 하는 성과-보상이며, 셋째는 개인의 유인성으로 이 유인성에 의해 개인은 높은 성과에 대해 주어지는 조직의 보상을 바람직하다고 생각할 수가 있다. 이것으로 보면 동기를 유발하는 요소는 변화할 수 있으면서, 새로운 동기가 생길 수도 있으며 인간 행동의 다양한 측면에서 이해할 수가 있다.

기본적으로 인간에게 보이는 동기와 욕구를 분석해 보면 그 구성 요인들을 다음과 같이 나누어 볼 수 있다.

▬ 경험 추구의 동기 Need to Experience

실제적인 이득과 자아 성장을 줄 수 있는 것으로 새로운 경험과 새로운 것을 배우는 기회를 통해 개인의 성장을 이루고자 하는 동기를 말한다.

▬ 사회적 책임감 표현의 동기 Need to Express Social Responsibility

이타적 동기라고도 할 수 있는 데 다른 사람에게 관심과 배려를 보이고 지역 사회와 사회 문제 해결에 참여하며 다른 사람 삶의 변화와 문제 해결에 이바지하고자 하는 동기라 볼 수 있다.

▬ 타인의 기대 부응에 대한 동기 Need to Meeting Other's Expectation

가족이나 친구 같은 의미 있는 주위 사람들 또는 조직의 압력과 영향을 받아서, 모든 사람의 기대가 나의 노력과 일치한다는 사실에 만족감을 얻고자 하는 동기이다.

▬ 사회적 인정의 동기 Need for Social Approval

자신이 하는 일을 통해서 주위로부터 인정과 존경을 받고자 하는 동기이다.

━ 사회적 접촉의 동기 Need for Social Contact

다른 사람과의 만남, 누군가에 의해 필요하고 유용한 존재임을 느낄 기회를 얻고자 하는 것으로 나의 가치와 타인의 가치를 비교함으로써 새롭게 배울 기회를 얻는 친교 또는 사교의 경험에 대한 동기이다.

━ 미래 보상의 동기 Need to Provide Future Returns

현재 나의 행동과 활동이 언젠가는 미래에 보상을 받을 것이라는 동기를 말한다.

━ 개인적 성취동기 Need to Achievement

자신의 노력으로 구체적인 실천과 실질적인 성과를 이루어 내는 목표를 성취하도록 하는 동기를 말한다.

이처럼 동기와 욕구에 관계된 내용으로 생각할 때, 그 영향력이 증대하는 경우는 주로 개인적이기보다 사회적인 일일 때가 많다는 것을 알 수 있다. 달리 말하면 인간은 이기적인 존재가 분명하지만 그 이기적인 욕망이 사회성을 가질 때에는 이타적인 동기나 욕구를 지닌 것처럼 보이기를 바라는 또 다른 이기성이 내재한다는 것이다. 그런 점에서 같은 행동이라고 해도 그 행동의 결과가 이기적이라고 해도 성격상으로는 이타성이나 사회성을 보이는 경우가 더욱 목적을 이루는 데 이바지할 수 있다.

코칭의 유익

▪▪▪코칭의 장점

코치이로 하여금 자신을 변화하게 하는 주된 요인이 바로 코칭에 있다. 그래서 코치이는 코처로부터 자신의 목표에 도달하는 데에 적극적인 도움을 받을 수가 있고, 코처가 존재하는 이유도 바로 여기에 있다. 코칭이 변화의 기술이며, 코칭이 변화의 힘을 준다는 말이다. 코처가 코칭을 통해서 코치이에게 줄 수 있는 유익을 알아보자.

━ 들어준다

심리학자 칼 로저스 Carl Rogers는 상담에서 상담자가 어떤 처방과 조치를 취하지 않더라도 피상담자의 이야기만 들어주어도 많은 경우에서 실효를 거둘 수 있다고 주장하였다. 그의 이러한 방법은 비지시적 상담이라고 하는데, 피상담자로 하여금 자기 자신을 이해하게 하고 새로운 방향으로 적극적으로 걸어갈 수 있게 하는 것이다. 이처럼 코처가 코치이의 말을 처음부터 끝까지 들어줌으로써 코치이는 자신의 소리를 들을 수 있는 경험을 하게 된다. 이러한 방법은 코처가 코치이와 인간적인 관계를 형성하여 그들의 성장과 발달을 지도하는 촉진자로서의 역할을 하기에, 단기적 효과 또는 내용상의 목표보다는 코치이의 성품 개발에 더 많은 관심을 두게 한다. 그리고 코처는 인내심을 갖고, 즉각적인 결과를 강요하기보다는 장기적인 안목을 가지고 코칭을 진행해야 하는 부담도 있을 수 있다. 그러나 코칭을 통해서 얻을 수 있는 유익이다.

▬ 지원한다

아시안 게임에 출전하는 선수들을 보면, 어느 나라나 선수만 보내는 것이 아니라 자국 선수를 지원하도록 스태프를 파견한다. 그 가운데 코치의 역할이 크다. 그것은 코치가 선수의 역량을 계발하고, 그들이 최고 기량을 발휘하도록 하여 좋은 성적을 올리는 데 이바지하기 때문이다. 이처럼 코처는 코칭을 통해서 코치이가 변화를 모색하고 문제를 해결하고 직면한 문제들을 평가하고자 할 때에 그 어려움을 쉽게 해결하도록 지원한다. 이때 코치이가 지원을 요청하는 것은 자신의 약함 표시가 아니라 현명한 대처이며, 코처도 코칭을 통해서 자신에게 의존하지 않도록 하면서도 코치이를 효과적으로 지원하는 방법을 모색한다.

▬ 자극한다

코치이가 젊었을 때에는 모험을 즐기고 매사에 도전적인 상태에 있었을 지라도, 시간이 흐르면서 그 자신이 품었던 이상이나 꿈 등을 잊고 현실에 안주하면서 소심하게 지내는 일이 많다. 그리고 그러한 변화를 꿈꾸면서도 그 꿈을 이루고자 무언가를 할 자신도 없고, 변화에 대처할 만한 용기도 못 갖는 때가 많다. 이러할 때에 코처는 코치이가 용기를 가지고 변화를 계속 꿈꾸며 그 변화에 대처하도록 자극을 준다. 그러한 것이 코치이에게는 그 당시에 스트레스로 작용할 수 있지만, 그런 긴장을 통해서 코치이는 새로운 자신감으로 도전 정신을 일깨울 수가 있다. 따라서 코처는 코칭을 통해서 코치이가 자연수럽게 문제를 받아들이고 극복할 수 있도록 자유스러운 분위기를 조성하고 제안함으로 도전하도록 자극을 준다.

━ 동기를 준다

진정한 지도자는 동기 부여를 할 수 있는 지도자이어야 한다는 것은 고금의 사실이다. 사람이 사람다워지고, 인생이 인생다워지려면 삶의 초점이 맞추어져야 하고 동기가 부여되어야 한다. 이것을 코처가 한다. 코처는 코치이에게 동기를 지속적으로 격려한다. 코치이에 따라서 강하게 느끼는 동기는 다 다르지만, 코처는 코치이에게 더 인간다운 삶을 영위하도록 동기를 부여한다. 그리고 코치이가 그 동기를 통해서 목표를 향해 행동하도록 격려한다.

━ 안내한다

아주 오래전 사람의 삶은 그 인구의 숫자도 그러하거니와 직업 또한 단순하였다. 그러나 산업 사회가 되면서 인구 밀도가 높아지고 그에 비례하여 그 직업의 구조와 내용도 다양해지며, 교통, 통신 수단의 발달로 더 전문적이고 세분화된 사회 계층 구조를 가지게 되었다. 그래서 산다는 것이 변화가 많고 쉽게 적응하기에 복잡한 일이 되었다. 그리고 삶에 대한 대응

도 전에는 참여를 하든지 회피를 하든지의 흑백 논리 입장에서 판단해야
했으나, 지금은 다변화 추세에 맞추어 틈새도 있으며 제3의 길도 모색할
수 있게 되었다. 이러한 다양한 삶의 현장에서 코처는 어떻게 균형 잡히고
행복한 삶을 코치이가 찾아가게 하는가를 안내한다. 코처는 코치이 스스
로 개인적으로나 사회적으로 만족스럽고 보람되며 성공한 참 삶으로 가도
록 여러 가지 시각에서 기준점을 제공함으로써 안내한다.

― 협력한다

우리말에 상부상조를 뜻하는 "누이 좋고 매부 좋고, 꿩 먹고 알 먹고"라
는 말이 있다. 일찍이 우리는 두레라는 상호 규약을 통해 서로 돕는 것을
미덕으로 생각해왔다. 이러한 것이 현대 경영 측면에서 볼 때에 윈윈 Win-
Win 전략으로 향하는 시너지 Synergy 효과다. 이러한 시너지적인 에너지가
가장 많이 발생하는 관계가 코처와 코치이의 사이이다. 대체로 코치이는
자신을 존중하는 의견이나 필요한 경험이 있거나 도울 수 있는 통찰력을
지닌 코처를 원한다. 코치이가 코처를 찾는 것은 코처가 코칭을 통하여 자
신들이 바라는 삶을 쉽고 즐겁게 효과적으로 갈 수 있도록 협력하기 때문
이다. 코치이는 코처를 창조적 파트너로 생각하며, 코치이를 통하여 코처
는 그 코칭 경험과 원숙함이 더해지는 협력 관계가 된다.

― 발전한다

인간은 어려서부터 성장하면서 여러 단계를 거치면서 발전한다. 그 두
드러진 점이 사회성을 통하여 나타난다. 자신의 개인적인 삶과 사회적 위

치를 구별하여 적절하게 대응하면서 산다. 어른이 아이와 다른 점이 바로 이것일 것이다. 아이는 다른 사람을 고려하지 않고 자기식대로의 삶으로 다른 사람에게 피해를 준다. 그래서 어른이 되어서도 그러한 태도를 버리지 못하는 사람에게 우리는 "철없다", "철모른다"라는 표현을 사용한다. 바로 계절이 바뀌었음에도 그것을 인식하지 못하고 사는 사람과 같다는 말이다. 코처는 바로 코칭을 통하여 코치이의 사회적 발전을 도모한다. 코치이가 개인적으로 상황 판단을 못하는 것을 여러 가지 진단 질문을 통하여 자각하게 해서, 아집에서 벗어나 더 크고 중요한 것들을 생각할 수 있게 한다. 그래서 코처는 코칭을 통해서 코치이가 더욱 발전하는 존재가 되도록 한다.

— 계획한다

사람들은 무언가를 목표로 계획을 세워도 그것을 제대로 수행하지도 못할뿐더러, 목표에 근접하지도 못한 채로 그 계획이 실패로 끝나는 경우가 대부분이다. 그런 때 많은 사람은 자신의 능력과 의지 부족을 탓하지만, 처음부터 너무 무리한 계획을 추진하는 데에 원인이 있다는 것을 발견하지 못한다. 코처는 바로 코치이가 코칭 목표를 세우는 데에 적절한 전략을 세울 수 있도록 도우면서, 그것이 더 구체적이고 합리적인 계획이 되도록 조언을 해준다. 코칭을 통해서 코치이가 더 나은 방법과 전략, 그리고 세밀한 계획을 수립할 수 있도록 깨닫게 한다. 그래서 더 효율적인 플래너로 코치이를 변화시킨다.

― 바꾸게 한다

사람에게는 살아가면서 중대한 변화의 시기가 있다. 그러한 중대한 결정을 내려야 하는 순간은 사람이 자신 삶의 방향을 바꾸고자 할 때에 더욱 심각하게 다가선다. 이때, 코처는 그런 삶을 바꾸는 데에 일조한다. 코처는 코치이가 삶의 결정을 내리거나 바꾸려는 이유를 알아내고, 코치이가 처한 상황을 자세히 관찰하고 코치이로 하여금 상황을 정확하게 판단하도록 하여 올바른 결정을 내리는 데 도움을 준다. 특히 그 삶의 변화를 가로막는 가장 큰 장애물을 현명하게 피하거나 대처하도록 하여, 코치이가 새로운 결정을 내리고 새로운 삶으로 바꾸어 가는 과정이 순조롭게 되도록 돕는 것이다.

이처럼 코칭의 유익한 점이 임상을 통하여 입증되었으므로, 오늘날 코칭을 원하는 수요는 날이 갈수록 전문화되고 높아질 것이다. 단적으로 말하면 인간의 행복 지수를 높이는 데에 코칭이야말로 적절하면서도 효율적인 방법이라고 할 수 있으며, 그래서 삶의 변화를 꿈꾸는 사람을 자극하는 데에 효과적이라고 할 수 있다.

▪▪▪행동 변화

사람의 행동은 그다지 단순한 결과가 아니지만, 그 행동의 변화는 꾸준하고도 단순한 행동의 반복으로 나타나는 일이 많다. 그래서 사람들은 인간의 사고 구조가 바뀌고 행동이 바뀌면 그다음 변화가 연계해서 일어나는 것을 인정한다. 특히 우리가 성공하느냐 못 하느냐 하는 것은 어찌 보면 단순한 우리의 태도에 기인한다고 볼 수 있다. 성공할 수 있는 태도로 무장된 사람은 어떠한 형편에서든지 그 처지가 불리하다고 해도 성공할 기회를 만들며 성공한다. 그것은 그의 삶의 태도가 성공할 수 있게 한 것이다. 그래서 현대인의 행동 변화에 대해서 학자들은 태도가 행동을 결정할 수 있다고 말하기도 한다. 오래된 행동은 습관이 되고 그 습관은 천성이 되어서 그 사람을 변화시킬 수 있다고 보았기 때문이다.

이러한 견해를 행동주의 Behaviorism라고 하는데, 통상적으로 심리학이 그 대상을 사람의 의식에 두는 것에 반해서, 이것은 사람이나 동물의 객관적 행동에 관심을 두는 입장이다. 즉, 내관 內觀을 배척하고 오직 자극과 반응의 관계, 그리고 그 관계로 구성되는 체계만을 다룬다. 이러한 견해를 가장 먼저 시도한 사람이 파블로프 Pavlov이다. 그는 개를 가지고 한 그 유명한 조건 반사 실험을 통하여 개가 먹이의 모습만 보아도 타액을 흘린다는 점에 착안하여 개의 타액 분비와 먹이의 관계성을 연구하였다. 그 결과 학습이란 자극과 반응과의 결합을 통하여 일어날 수 있음을 발견하였다. 더 나아가 스키너 Skinner는 조작적인 조건을 만듦으로 학습의 효과가 더욱 강화될 수 있다는 의견을 발표하였다. 강화란 어떤 반응이 일어날 확률이 증가하도록 자극과 자극 또는 반응과 자극을 짝 지우는 것으로 대상에게 영향을 미치는 행위이다.

조작적 조건 반응은 어떤 행동의 결과가 보상적이면 그 행동은 쉽게 재현되지만, 결과가 고통스럽거나 도움이 되지 않는다면 그 행동이 재현되기 어려움을 말한다. 즉, 모든 다른 조건이 같다면 강화된 행동은 반복되지만 비강화되거나 처벌받은 행동은 반복되지 않거나 소멸하는 경향이 있다는 것이다. 이것은 우리가 흔히 시행착오라고 부르는 개념과 매우 밀접하다. 예를 들어서 부모 말을 잘 안 듣는 아이가 있을 때에, 그에게 심부름을 시키면서 그 말에 순종할 때에는 상을 주고, 말을 듣지 않을 때에는 벌을 주고 하는 행동을 지속한다면 아이는 부모의 말을 들으려고 노력을 할 것이고 그의 불량스런 행동은 줄어들고 점점 바람직한 방향으로 바뀌게 될 것이다. 즉, 많은 시행착오를 통하여 바른 태도로 변해가는 것을 의미한다.

따라서 행동주의에서 인간의 모든 행동은 학습된 결과이며, 학습 원리로 인간의 행동을 파악할 수 있으며, 인간의 행동은 예측과 수정이 가능하다. 이 사상의 특징은 하나, 과거나 미래보다 현재의 구체적인 행동을 강조한다. 둘, 실험에 의해 상담 기술을 개발한다. 즉, 누구나 그 절차에 의해 실험하면 똑같은 결과가 나올 수 있는 기술 개발을 강조한다. 셋, 과학적인 방법을 사용한다. 대응 기술의 개발뿐만 아니라 객관적인 목표의 설정, 그 결과에 대한 객관적인 평가를 강조한다. 그런 점에서 이 견해는 앨버트 반두라 Albert Bandura에 이르러서는 사회적 맥락 속에서 행동의 변화를 설명하는 단계까지도 다루고 있는데, 그는 인간의 행동이 변해가는 것은 다른 사람들이 하는 것을 관찰함으로써 가능하다고 보았으며, 외적 보상이나 처벌뿐 아니라 내적 규제에 의해서도 행동이 변한다고 보았다.

그런 점에서 코치이의 행동에 코처의 관심과 관찰이 필요하다. 코처는 코치이의 행동을 눈여겨 봐두어야 하는데, 코치이를 아는 방법은 주로 두 가지가 사용된다. 하나는 면접 Interview이다. 이것은 문자 그대로 직접 얼굴을 맞대고 정보를 교환하는 방법이다. 코치이의 문제 행동 진단 시 직접적인 면접 외에도 주변인과의 면접을 통해 문제 행동의 역사, 내용, 빈도, 이유 등의 대한 정보를 얻게 된다. 만약 이때 일반적으로 문제 행동이 있다면, 그 원인을 이해하도록 가족 환경, 출생 과정, 주변 환경 등을 알아보는 것이 좋다. 그러나 이 방법은 코치이의 주요 인물을 통해 코치이 전반에 대한 정보를 수집하는 효과적인 방법이긴 하지만 사적인 문제에 직접 응답하기 어려운 내용을 다룰 때는 적절하지 못하며 특히 피면접자가 정직하게 응답하지 않으면 어려움을 겪게 된다.

다른 하나는 관찰 Observation이다. 관찰에 의한 자료 수집은 대상에 대해 직접적으로 자료를 구하며 또한 구체적인 행동을 기록한다. 그런 점에서 객관적인 직접 자료 수집 방법이라고 볼 수 있다. 그러나 관찰자의 개입으로 코치이의 의도적, 비의도적 행동 변화를 일으킬 수 있으며 관찰자의 주관성이 개입될 수 있는 단점이 있다. 무엇보다도 제한된 시간 내에 관찰자가 관찰한 내용만이 대상이 되므로 비경제적이며 많은 노력이 든다는 점이 제한점이다. 관찰법 종류도 코치이의 자연스러운 일상 환경 속에서 하는 자연 관찰과 관찰자의 계획에 따라 환경을 조성하여 보는 체계적 관찰이 있다. 이는 관찰 대상을 더 잘 이해하도록 그 행동을 자세히 살펴보고 기록하며 환경적인 측면도 기술하는 계획된 과정이다.

행동을 통하여 습관을 형성하려는 변화는 몇 가지 단계로 이루어진다. 첫째는 고려 단계로 볼 수 있다. 이것은 코치이가 자신의 태도, 신념, 행동에서 변화가 필요하다는 것을 인식하고, 변화하려고 생각하는 단계이다. 둘째는 변화를 수용할 자세가 되어 있어서, 코치이에게 주어지는 정보나 상황을 긍정적으로 해석하여 코처의 방침에 따라서 순응하며 자기화를 하

는 단계이다. 셋째는 지금까지의 지침을 받아들여 그것대로 실천함으로
전에 가지고 있었던 행동을 버리고 새로운 태도를 형성하여 새롭게 행동
하는 단계를 말한다.

코치가 한 사람의 행동을 대폭적으로 바꾸는 것은 매우 어려운 일이다.
그런데 사람은 미래의 성공을 향해 도약하고자 행동 변화에 몰두한다. 그
과정을 주의 깊게 살펴보면 변화의 어떤 단계에서든 성공하는 경우에는
공식적인 자료 수집과 분석, 보고서 작성 및 프리젠테이션과 같이 사고를
바꿈으로써 행동을 바꾸고자 하는 방식의 활동에 중점을 두지 않는다. 대
신에 문제가 무엇인지 그리고 문제를 어떻게 해결해야 하는지를 사람들에
게 보이는 것에 중점을 둔다. 변화를 방해하거나 억제하는 감정들은 감소
시키고, 변화를 고취하고 유용한 행동을 유도하는 감정들을 증대시킨다.
그렇게 해서 야기되는 감정적인 반응은 아무리 큰 어려움에도 사람들이
변화 프로세스를 따라 움직이도록 하는 에너지를 제공한다. 바로 EQ가 인
간 행동 변화의 중대한 요소인 것을 인식해야 할 것이다.

****라이프 코칭

라이프 코칭은 자신에게 중요한 것을 지키면서도 자신이 계발할 필요성
이 있는 부분을 찾도록 하여 삶을 더욱 풍성하게 누리며 살도록 돕는 시스
템이다. 라이프 코칭은 코치이의 현 상황을 점검, 진단, 분석하여 코치이
가 환경에 눌리지 않고 자기만의 삶을 영위할 수 있는 통제력을 기르며 전
인적으로 균형 잡힌 삶을 살 수 있도록 돕는 작업이다. 코치이는 자문한

다. "나는 어디에 있는가? Where am I" "나는 어디로 가고 있는가? Where am I going?" "내가 원하는 것은 무엇인가? What do I want?" "나는 이러한 것을 어떻게 해결할 수 있을까? What can I solve such a problem?" 그리고 "내 직업은 어떠한가? How do I think about my work?" 등 라이프 코칭은 바로 이처럼 코치이 삶의 제반 문제를 다룬다.

그래서 라이프 코칭은 코치이의 현재를 진단하고 현재의 상태를 보완하며 활력을 유지할 수 있게 하며, 코치이가 삶에서 원하는 바를 명확히 인식하게 하고 그것을 이루도록 하는 데에 협조한다. 특히 코칭 과정을 통해서 코처와 코치이의 커뮤니케이션과 신뢰 관계가 형성되므로, 이러한 개방적인 요소가 사회 생활에서 코치이의 주위 직원이나 이웃의 삶과 상호 교환적이거나 시너지 효과를 얻게 하는 밑거름이 되기도 한다. 그리고 지속적으로 코치이의 삶에 격려와 조언을 함으로써, 코치이가 자신의 삶을 책임지고 목표를 향해서 꾸준하게 나아갈 수 있도록 한다. 그러므로 라이프 코칭의 경험이 어떤 의미에서는 코칭의 필요성을 느끼게 하는 가장 큰 요소가 되기도 한다. 그것은 코칭의 경험을 통해서 삶의 내용과 질의 변화를 코치이가 실제로 느끼기 때문에 그러하다. 코칭은 인간이 더 좋은 것을 더 많이 갖고자 하는 마음, 그리고 지금까지의 삶보다 더 만족할 만한 다른 삶을 살고자 하는 욕구, 또한 지금의 상태를 유지하면서 무언가 부족했던 부분을 메우고자 하는 생각들을 하는 한 그 필요성은 남아있을 것이다.

이 장을 마치면서 다음의 이야기가 모든 것을 요약 정리하리라 본다.

두 친구가 있었다. 오성은 부유한 집안에서 태어났고, 한음은 가난한 집안에서 태어났다. 그들은 중학교 때 만나 같은 고등학교에 다녔고, 같은 대학에서 경영학을 전공했다. 고등학교를 졸업하고 20년이 흐르고 동창회에서 그들은 다시 만났다. 오성은 성공한 사업가가 되었고, 한음은 처음 입사했던 회사에서 정리 해고되어 새로운 일자리를 찾고 있었다. 어느 날 두 사람이 만나서 술자리를 하였다. 술이 어지간히 오르자 한음이 말했다. "만약 내 아버지가 부자였더라면 나도 일찌감치 독립해서 사업했을 거야. 그랬더라면 지금쯤은 보란 듯이 살고 있겠지." 이 말을 들은 오성은 자신이 성공한 가장 큰 이유를 이렇게 설명했다. "아버지는 나에게 돈을 빌려주지 않았어. 하지만, 나는 아버지로부터 성공하는 사람이 갖춰야 할 마음가짐과 태도를 배울 수 있었지."

그렇다. 우리의 오늘은 과거 우리의 행동이 낳은 결과이다. 오늘 어떻게 행동하고 사느냐가 우리의 내일을 결정한다. 코칭을 통해서 자신의 변화를 갖고자 하는 이만이, 오늘의 행동을 새로운 목적을 위한 변화의 태도로 만든다. 그렇게 만든 태도가 우리를 원하는 목표로 갈 수 있게 하는 계단이 되는 것이다.

3장

라이프 코칭의
스킬

Skils of
Life Coaching

라이프 코칭에서 사용하는 스킬은 기본적으로 커뮤니케이션에 대한 이해를 코처가 하고 있어야 하는 것으로 출발한다. 그것은 **코칭을 한다는 것이 코처와 코치이 간에 커뮤니케이션을 의미하기 때문**이다. 그래서 코칭 내용을 전달하고 코치이의 반응을 끌어 낼 수 있는 코처의 능력이 코칭의 성패와 밀접히 관련되어 있다고 볼 수 있다. 더욱이 코칭의 대부분이 대화로 구성되었기에 대화법에 대한 기본적 소양은 지녀야 한다. 이 장에서는 그 가운데서 특별히 중요하다고 생각하는 몇 가지 스킬을 정리해 보고자 한다.

질문하기

••• 질문의 기능

질문의 목적은 크게 질문받는 자가 특정 내용과 관련된 기본적인 사실들을 이해하게 하고, 비판적인 사고 기능을 이용하여 이해한 사실들을 응용하게 한다. 그래서 훌륭한 코처는 질문으로 자신의 의사를 코치이에게 전하고, 코치이의 사고와 생각을 자극하는 방법으로 질문을 택한다. 특히 코칭에서 이루어지는 기본적인 언어의 상호 작용은 코처의 진지한 질문과 코치이의 진솔한 대답에 의한 순환적 대화가 자주 이루어지므로, 코칭의 효율성이 질문을 통하여 더욱 극대화될 수 있다.

코칭에서 질문의 기능은 다음과 같다.

질문은 의사소통을 촉진한다. 코처와 코치이의 상호 작용은 간단히 묻고 대답하는 과정을 통하여 촉진된다. 그래서 적절한 질문은 개인적 친밀감을 높이고 좋은 정보를 얻는 데에 유익하다.

질문은 주제의 특정한 내용이나 특징에 주의를 집중하게 한다. 어떤 주제의 주요한 특성에 코치이의 주의를 끌어들이는 한 가지 방법은 그 주제의 특성에 초점을 맞추어 질문하는 것이다. 이러한 과정을 통해서 코치이는 주제의 특성에 주의 집중을 하게 되고, 그 특정 사안을 더욱 중요하게 생각하게 된다.

질문은 코칭의 내용과 그것을 코치이가 얼마나 이해했느냐 하는 것을 평가하는 데에 쓰인다. 코처는 질문을 통하여 자신이 말한 코칭의 세부적인 내용을 코치이가 얼마나 숙지했는가를 알게 된다.

질문은 코칭의 핵심 내용을 다시 확인하는 데에 도움을 준다. 코처는 중요한 코칭 사항들을 자주 반복을 통하여 코치이가 반드시 명심해야 할 것이라고 강조한다. 이때에 질문을 통하여 코치이가 부족하게 이해하고 있던 부분이 무엇인지를 파악하고 그 내용을 보충해 줄 수 있다.

질문은 특정 유형의 사고와 인지 활동을 자극하는 데 사용된다. 코처의 질문은 그 수준이 높고 낮음을 떠나서 코치이의 인지 과정을 자극하여, 코치이로 하여금 자신이 코처에게 들은 코칭의 내용을 분석, 종합, 평가할 수 있게 한다.

질문은 코치이의 사회적 행동을 통제하는 데 사용된다. 이것은 아주 중요한 부분으로 코처의 질문을 통해서 코치이는 자신의 행동이 제3자가 볼 때에 타당하고 바람직한 행동인가를 생각하여, 코처가 권장하는 행동을 할 수 있도록 도와준다.

코처의 질문은 코치이의 사고력을 계발하는 데에 중요한 역할을 담당하며, 그들이 코칭의 내용을 이해하고 그대로 시행하는 데에 유익을 준다.

그래서 좋은 코처가 되려면 능숙한 질문을 할 수 있는 훈련된 면접자 Interviewer가 되어야 한다. 더 나아가 코치이 자신이 모르거나 더 설명이 필요한 부분은 직접 질문을 할 수 있도록 해야 한다. 이것은 바로 코치이로 스스로 코칭의 내용을 깊이 있게 이해하였는가를 알게 하므로 코칭에서 중요한 것임을 알아야 한다.

▪▪▪질문의 종류

일반적으로 코칭을 위한 좋은 질문에는 확대·미래·긍정의 세 가지 질문이 있다. 달리 말하면 위와 반대되는 특정적이고 과거 지향적이며 부정적 질문은 해서는 안 된다. 이것을 자세히 살펴보면, 특정 질문이라는 것은 상대가 깊이 생각하지 않아도 바로 답할 수 있는 성질의 것을 말한다. 상대의 고향이나 이력 같은 사항을 묻는 것인데, 해답이 하나밖에 없어서 누구에게나 물어도 같은 답이 나오는 특정 내용을 질문하는 것이다. 이와 달리 확대 질문은 특정 질문과 반대되는 것으로 예나 아니요로 답할 수 있는 성질의 것이 아니며 해답이 둘 이상 있으므로 상대가 생각하고 선택할 수 있는 여지가 있는 질문을 말한다. 예컨대 코칭에서 좋은 확대 질문은 코치이에게 "당신이 하고 싶은 일은 무엇입니까?" "당신이 가장 소중히 생각하는 가치는 어떤 것이 있습니까?" "어떤 일이 당신을 가장 기쁘게 합니까?" 같은 질문이라고 할 수 있다. 이러한 질문은 코치이에게 선택과 그 선택 이유를 코처가 알 수 있게 하므로 좋은 질문이라 할 수 있다.

과거 질문이라는 것은 질문의 내용에 과거 시제와 관련된 말이 들어 있는 경우를 말한다. 가령 "지금까지 당신은 무엇을 했습니까?" "왜 그 당시에 그렇게 하지 않았습니까?" 같은 질문이다. 이러한 질문은 코치이의 과거에 대한 정보를 얻는 데에는 필요할지 모르나, 자칫 현재의 모든 잘못의 원인이 코치이에게 있다는 인식을 줄 수도 있어서 코치이로 하여금 다시금 죄책감이나 현재에 열등감을 느끼게 할 수 있다. 특히 코칭이란 미래를 향한 코치이의 변화를 다루는 작업이기에 이러한 질문은 적합하지 않다. 이와 달리 미래 질문이라는 것은 질문 내용에 미래 시제와 관련된 단어가 들어 있는 질문으로, 가령 "당신은 앞으로 어떻게 살고 싶습니까?" "목표를 위해 어떻게 해나가고 싶으십니까?" "그것을 이루기 위해 앞으로 어떤 행동을 할 것입니까?" 같은 질문이다. 여기에는 미래에 대한 코치이의 의지나 염원이 담겨있는 답변을 들을 수 있다. 그래서 과거에 연연하지 않고 미래의 행복을 위해서 현재에 코칭 작업을 수행하는 것이라는 코칭의 취지에 적합한 질문이라고 할 수 있다.

부정 질문이라는 것은 질문의 내용 속에 "아니다" 같은 부정적인 단어가 들어가거나 부정적인 대답이 나오도록 하는 질문이다. 많은 이가 부정적 단어가 들어 있는 것만 부정 질문이라고 생각한다. 그런데 부정적 단어가 질문에 있지 않더라도 코처로 하여금 부정적 답변을 할 수밖에 없는 질문을 한다면, 이 또한 부정 질문으로 봐야 한다고 필자는 생각한다. 예컨대, "어째서 일이 제대로 진행되지 못하고 있는가?" "확실하지 않은 것이 무엇인가?" "왜 그렇게 하지 않는가?" 같은 질문을 말한다. 이와 달리 긍정 질문은 부정적 단어가 질문에 들어가지 않거나 코치이에게 긍정적 답변을 유도하는 질문이라고 할 수 있다. 예컨대 위의 부정적 질문은, "어떻게 하면 일이 제대로 진행될 수 있는가?" "확실한 것은 무엇인가?" "무엇 때문에 그렇게 하는가?" 등으로 말할 수 있다. 코칭의 심리상 부정 질문은 좁고 어두운 어감이 느껴지며 긍정 질문은 넓고 밝은 어감이 느껴진다. 그 래서 코치이가 밝은 성격의 사람이라도 부정적 질문을 받으면 부정적 생 각을 할 수 있다. 물론 코치이에 따라서 전혀 다른 반응을 보일 수 있지만, 코치이에게 긍정적 자기 인식을 심는 것이 코치의 일이므로 코칭에 긍정 질문을 사용하는 것이 매우 유익하다는 것을 알 수 있다.

따라서 코치이의 미래 가능성을 확대하고 현재에 긍정적 인식을 심는 확 대·미래·긍정의 내용이 들어 있는 질문이 좋은 질문이라고 할 수 있다.

이와 비슷하게 코칭에는 간략하게 3D라고 불리는 질문의 방식이 있다. 하나는 Duh, 속이 빤히 들여다보이는 질문을 말한다. 둘은 Deep, 피상적이 고 표면적인 이야기가 아니라 코치이의 내면을 다룰 수 있는 깊이 있는 질 문을 말한다. 셋은 Doubt, 코치이의 생각이 정말인지를 되새기게 함으로 내적 확신을 주는 질문을 말한다.

또 많이 사용되는 질문법 가운데는 코칭의 프로세스 모델인 GROW형을 그대로 질문에 사용하는 방법도 있다. G는 당신의 목표는 무엇이며, 그 일 을 성취하려면 무엇을 시도할 것인가를 중점으로 묻는 것이다. 예를 들면 "목표와 관련하여 당신이 이야기하고 싶은 것은 무엇입니까?" "당신이 이루고 싶은 것은 무엇입니까?" 등을 말한다. R은 오늘의 상황에서 실재하는 것 은 무엇이며, 성취한 것은 무엇인지 묻는 것이다. "현재 어떤 일이 일어나고 있습니까?" "어떻게 이 상황을 생각하고 있습니까?" 등이다. O는 코처가 가진 것이 무엇인지, 어떤 요소들이 필요한 지를 묻는 것이다. "당신이 이 상황에 할 수 있는 것은 무엇입니까?" "이러한 것에 당신이 가진 대안은 무엇입니까?" "어떤 대안을 당신은 좋아합니까?" 등이다. W는 코치이가 무엇을 할 수 있는가를 묻거나 다음 단계에 할 수 있는 것들을 물어보는 것이다. 예를 들면, "언제 그 일을 하려는 것입니까?" "필요한 지원은 어떤 것입니까?" "다음 단계는 무엇입니까?" 등이다.

칭찬하기

••• 칭찬의 힘

　칭찬이란 말하는 이가 듣는 이에게 좋다고 인정되는 여러 가지 면에 대한 격려로 듣는 이를 기분 좋게 하는 것을 전제로 명시적, 암시적으로 긍정적 평가를 주는 행위이다. 특히 코처에게 칭찬은 코치이에게 코칭의 활성과 긍정적 자아상을 심는 바람직한 행동이나 장점들을 찾아 주는 언어와 행동을 의미한다.

　칭찬은 그 부가되는 것에 따라서 5가지로 생각해 볼 수 있는데, 하나는 물질적 칭찬으로 음식물, 학용품, 장난감, 옷 등 코치이가 가치를 두는 물질을 제공하는 것이다. 둘은 사회적 칭찬으로 코치이의 사회관계를 높이도록 언어적이나 신체적으로 호의를 표현하는 것이다. 셋은 활동적 칭찬으로 코치이에게 선호하는 역할이나 시간, 활동할 수 있는 특권을 제공하는 것이다. 넷은 상징적 칭찬으로 상장, 메달, 트로피, 칭호 등 명예를 상징하는 것을 주는 것이다. 다섯은 평기로서 코치이에게 등급, 점수, 논평 등 성적과 관련된 것들을 높게 가지도록 하는 것을 말한다.

　코처가 코칭에서 칭찬을 자주 해야 하는 중대한 이유 가운데 하나가 코치이의 행동을 강화 Reinforcement하는 데에 아주 중요한 역할을 하기 때문이다. 즉, 칭찬을 통해서 코치이의 행동을 촉진하고 유지하게 하는 데에 가장 효과적인 방법이 칭찬이라는 것이다. 사람에게는 자기 인식을 통해서 자아를 발전시킬 힘이 내재해 있다. 그래서 사람은 자기가 유능하다고 생각하면 정말로 능력 있는 사람처럼 행동하고, 착한 사람이라고 믿는다면 선행을 자주 베풀게 된다. 따라서 칭찬을 통해서 행동을 긍정적으로 평가하므로 피그말리온 효과처럼 칭찬하면 칭찬받은 만큼 더 잘할 수 있게 되는 것이다.

칭찬은 상대방보다 먼저 하는 것이 좋다. 그래서 코처는 코치이를 만날 때 무엇을 칭찬해 줄 것인가를 미리 생각하는 게 좋고, 반복적이고 형식적인 말보다 환경과 시간과 장소에 따라서 구체적으로 상대방의 관점에서 칭찬하는 것이 좋다. 이것은 칭찬하는 사람은 칭찬할 때에 일관성을 갖지 않고 자기중심으로 하게 되면 상대에게 혼란을 줄 수가 있기 때문이다. 특히 공개적으로 할 때에는 상대의 자존심과 자긍심을 높여서 대인관계를 더욱 원만히 할 수가 있다.

칭찬은 서로 유익을 제공하기에 매우 요긴한 코칭 스킬에 속하는데, 그것은 먼저 칭찬하는 사람에게 대인관계에서 자신감을 얻게 하고, 적극적인 인생관을 갖게 하며, 상대방을 이해하는 마음이 생기고 부메랑 효과를 통해서 자신도 칭찬을 받을 확률이 높아진다. 칭찬받는 사람은 칭찬받은 행동을 더 잘하려 하고 정서적으로 안정되어 상대에게 원만하게 반응하며, 문제 해결 능력이 향상되며 자신이 가진 자원을 최대한으로 활용하게 된다.

···칭찬의 요령

미국 매사추세츠대학교 리더십학 교수 켄 블랜차드는 칭찬의 10계명을
다음과 같이 제시한다.

❶ 칭찬할 일이 생겼을 때 즉시 칭찬해라.

❷ 잘한 점을 구체적으로 칭찬해라.

❸ 가능한 한 공개적으로 칭찬해라.

❹ 결과보다는 과정을 칭찬해라.

❺ 사랑하는 사람을 대하듯 칭찬해라.

❻ 거짓 없이 진실한 마음으로 칭찬해라.

❼ 긍정적으로 관점을 전환하면 칭찬할 일이 보인다.

❽ 일의 진척 상황이 여의치 않을 때 더욱 격려해라.

❾ 잘못된 일이 생기면 관심을 다른 방향으로 유도하라.

❿ 가끔 자기 자신도 칭찬해라.

최근에 거론되는 칭찬 요령은 이렇다.

❶ 굶주린 사람은 먹고 또 먹으니 밥 먹듯 칭찬하라.

❷ 신혼부부에게는 밤낮이 없으니 가리지 말고 칭찬하라.

❸ 보물찾기 하다보면 기쁨이 샘솟으니 찾아서 칭찬하라.

❹ 약점을 뒤집으면 장점으로 전환되니 뒤집어 칭찬하라.

❺ 좋은 소리도 한두 번이니 새 메뉴로 칭찬하라.

❻ 목마른 사람에게 물을 주니 칭찬 마른 사람에게 칭찬을 주어라.

❼ 이 세상에 외상·공짜가 없으니 칭찬받고 싶으면 칭찬하라.

❽ 반하면 애꾸도 매력으로 느끼니 반한 마음으로 칭찬하라.

❾ 밥은 따끈따끈할 때 맛있으니 식기 전에 칭찬하라.

❿ 진심이 아니면 비웃음으로 전해지니 진심으로 칭찬하라.

특히 같은 것이라도 다양하게 칭찬하는 법을 익혀야 한다. 간단하게 "잘했다"는 말도 다음과 같이 표현할 수 있다.

❶ …하다니 정말 특별한 일을 하였네.

❷ …을 하는데 도와주어서 고맙네.

❸ …하다니 참으로 지각 있는 행동이네.

❹ …한 것에 나는 큰 감동 받았네.

❺ …할 때에 자네는 정말 최선을 다하였네.

❻ …하는 것을 보니 성공할 소질이 있네.

❼ …에 대해서는 이제 자부를 해도 되네.

❽ 당신과 한팀이라니 자부심이 생깁니다.

❾ 역시, 당신은 믿을 만한 사람입니다.

❿ 그 일에 대해서는 나도 당신과 동감입니다.

···칭찬 받아들이기

칭찬보다 힘든 것이 칭찬을 받아들이는 태도이다. 이것은 감정을 밖으로 표현하는 것을 금기 시하는 문화 속에 자라난 우리나라 사람에게 더욱 힘든 것이다. 겸손이 미덕이며 자랑을 남발하면 팔불출로 인식되었던 우리나라 사람에게 칭찬을 자연스럽게 받아들이는 일이 서툰 것은 사실이다. 그러나 어물쩍한 태도로 상대의 칭찬을 받아들이거나 그냥 그런 일 즉, "별일 아닌데요!"라는 태도를 보이는 것은 상대에게 무례를 넘어서 경우에 따라서는 모욕을 안겨주는 것이 될 수도 있다. 그래서 우리는 칭찬하는 요령과 더불어 칭찬의 부메랑 효과로 상대가 우리를 칭찬하는 것에 대한 반응 요령도 아는 것이 좋다. 그 요령의 하나는 할 말이 없다면 미소로 반응하는 것이다. 이것은 자연스럽게 상대의 칭찬에 고마움을 표시하고 있음을 말해준다. 둘은 감사와 고마움을 표시하면서 받아들이는 것이다. 상대가 호감을 가지고 이야기 했기에 이에 대해 상대에게 호감을 표시하는 것이다. 그 흔한 "고맙습니다." "감사합니다."라는 한마디 말이면 된다. 셋은 여지를 남기는 것이다. 우리는 흔히 상대의 칭찬을 받으면 그 즉시로 그것에 보답하려는 생각을 하기 쉽다. 마치 자신이 오케스트라의 지휘자처럼 앙코르를 받으면 반드시 다른 곡을 연주해야 하는 것처럼 말이다. 그러나 더 나은 기회가 되도록 여지를 남겨 놓는 것이 좋다. "그렇게 말씀해 주시니 고맙습니다만 뜻밖이군요." "그런 말씀을 하시는 것을 보니 저보다 더욱 칭찬받을 분은 당신입니다." 등으로 칭찬을 계기로 상대와 더욱더 친밀하게 만날 수 있는 여지를 남기는 것이 좋다. 사람은 일반적으로 칭찬을 받으면 좋다. 그렇다. 당신은 세상에 어느 노래의 제목처럼 "사랑받기 위해 태어난 사람"이며, 지금 이 순간 칭찬받기에 합당한 사람이다. 인생은 고통도 슬픔도 많이 남아있는 여정이다. 이 기쁨의 순간은 길지 않다. 그러니 이 순간을 즐기는 것도 아주 좋은 대응 방법이다. 상대가 당신을 주목하고 있으니 그것을 즐기는 것도 괜찮은 수용 방법이 될 것이다.

┄코치의 점검

칭찬을 위해서 코치는 코처에 대해서 다음과 같은 사항을 점검해 보아야 한다. 특히 매니지먼트와 관련된 코칭일 때에 이것은 필수적이다. 칭찬이란 어떤 일로 말미암아 갑작스럽게 나오기도 하지만, 준비되지 않은 칭찬은 형식적이고 의례적으로 보일 수가 있다. 그래서 적절한 시간에 적절한 내용으로 칭찬하려면 칭찬할 대상을 미리 알아 두어야 한다.

❶ 나는 상대를 얼마나 잘 아는가? 이 사람의 가족과 개인 목표, 그리고 최고의 관심사를 즉시 떠올릴 수 있는 사실이나 세부 사항은 무엇인가?

❷ 상대의 직업 계획과 목표에 대해서 내가 아는 것은 무엇인가?

❸ 상대의 업무 스타일과 성과는 어떻게 묘사할 수 있는가?

❹ 이 사람이 내게 없다면 내가 가장 아쉬운 점은 무엇인가?

❺ 상대의 최고 장점, 공헌, 재능, 특기는 무엇인가?

❻ 상대의 잠재력에 대해서 마지막으로 그와 이야기한 것은 언제인가?

❼ 이 사람이 내게 필요한 존재라는 것을 느끼도록 내가 최근에 한 일은 무엇인가?

❽ 이 사람과 함께 앉아서 그의 생각과 좋아하는 것을 마지막으로 물어본 것은 언제인가?

❾ 오늘 나는 상대의 행동에 대해 구체적이고 긍정적인 어떤 말을 해 줄 수 있는가?

❿ 지금의 점검을 통해서 상대를 극대화하도록 내가 실행할 수 있는 계획이나 생각은 무엇이 있는가?

경청하기

···대화 죽이기

어떤 부동산 중개인이 있었다. 처음에는 사업이 잘되는 듯하였지만 이내 거래가 뜸해졌다. 불경기라고 생각했지만 이대로 가다가는 문 닫을 수밖에 없는 상황이라 부동산 거래가 활발하다는 지역으로 권리금을 내가며 옮겼다. 그런데 거기서도 거래는 그다지 활발히 이루어지지 않았다. 투자한 것에 비해서 그 수익이 별로 나아지지 않았던 것이다. 거래 물량이 부족한 것도 아닌데, 이상하다고 생각하여 주변의 부동산은 어떤가 살펴보았다. 다른 중개소에는 거래가 잘되는 반면에, 자신의 사업장은 사람이 자주 들락거려도 정작 거래가 이루어지는 경우는 별로 없었다. 그 이유를 알 수가 없었다. 그래서 뭔가 자신의 영업에 문제가 있다고 생각하고 부동산 중개에 관한 베테랑 친구에게 자문하였다. 그 자문을 통해서 그는 자신이 가진 큰 결함을 발견하는데, 자기가 손님의 말에 귀를 기울이지 아니하고 자신이 거래되었으면 좋을 물권들만 권한다는 사실을 알았다.

우리와 코처와의 대화를 방해하거나 대화가 더 진전되지 못하는 원인

가운데 가장 중요한 것은 바로 코처의 말에 경청하지 않는 것이다. 인간의 얼굴을 보면 외부로부터 정보를 받아들이는 기능을 하는 눈·코·귀는 두 개인데 반해서 자신을 표현하는 입은 하나인 것을 비유로, 정보의 출수를 입수보다 적게 하는 것이 좋다는 것이 고금을 통한 금언처럼 우리에게 알려졌다. 그러나 막상 대화를 하다보면, 언제나 우리는 상대방의 의견을 받아들이는 것보다는 나의 의견을 제시하는 양이 더 크다. 특히 코칭에서 코처는 코치이에게 항상 무언가를 제시하는 사람으로 생각될 때가 많다. 또한, 코처는 자신이 전문가라는 사실 때문에 항상 코치이에게 충고나 해법을 해야 한다는 중압감으로 대화를 이끌 때가 잦다. 그러나 이것은 오히려 진정한 코칭 대화를 이루어지지 못하게 한다.

통상적으로 코칭 대화를 죽이는 요소는 크게 두 가지로 볼 수 있다. 하나는 코처가 가지는 선입견이다. 사람들은 상대방의 이야기를 들을 때 그냥 무심하게 듣는 경우가 별로 없다. 상대가 나에게 중요하면 할수록 대화의 비중이 중요하면 할수록 상대의 이야기 내용을 반드시 어떠한 판단을 내리기 위한 근거로 삼는다. 그래서 무엇이 옳은가, 그른가? 혹은 잘한 것인가, 못한 것인가? 를 상대의 말을 듣고서 속단하는 일이 많다. 상대가 말하는 내용을 자신의 경험이나 학식에 비추어 어떤 특정한 범주로 묶어 해석하는 것이다. 선입견이란 어떤 대상에 대하여 이미 마음속에 가진 고정적인 관념이나 관점을 말한다. 이것은 자신이 처한 위치와 상황, 그리고 자라난 배경과 문화를 넘어서지 못하는 데서 발생하는 문제이다. 따라서 대화에 선입견이 있게 되면 대화가 위축되고 제한되어서 코치이와의 대화에 장애가 된다. 다른 하나는 충고하려고 듣는 것이다. 일반적으로 코칭 대화에서 항상 코처는 코치이에게 무언가 충고를 해야 한다는 부담을 가지고 있다. 그래서 코처는 코치이의 말을 들을 때에, 그 말 자체를 이해하려 하기보다 그 이야기에 자신이 무슨 말로 대응해야 하느냐를 고심하면서 듣게 된다. 마치 법정이나 토론장에서 변론하듯이 상대의 견해에 귀를 기울이기보다 상대에게 내 주장의 타당성을 더 비중 있게 생각하고 말을 하는 것이다. 충고란 남의 결함이나 잘못을 진심으로 타이르는 것으로 충고가 대화에 들어갈수록 코치이가 진솔하고 자신 있게 자신의 이야기를 코처에게 전달하는 것을 방해한다. 앞서서 기술했다시피 인간은 누구나 상대에게 칭찬받고 싶은 것을 말하려고 하지 꾸중이나 충고를 듣게 될 이야기는 말하기 싫어한다. 그래서 충고가 잦으면, 충고를 받게 되는 특정 대화에서 코치이는 이러한 이야기는 코처에게 말할 필요 없다는 선입견을 품게 해 당연히 대화를 제한한다. 이것은 코처에게도 코치이의 이야기에 몰입하는 것을 방해하며, 대화에 부담을 주어 코칭 단계가 더 진전되지 못하고 형식적으로 끝나기도 한다. 지나친 충고는 약의 남용처럼 오히려 코치이에게 해가 될 수도 있다는 것을 알아야 한다.

▪▪▪제대로 듣기

질문 기술이 코치이의 가능성을 최대한으로 끌어 낼 수 있는 기술이라면, 경청은 바로 코치이의 가능성이 어느 징도인지를 가늠할 수 있게 하는 기술이다. 듣기에서 그 대상을 판단하는 주체에 따라 두 가지로 크게 나눈다. 하나는 바로 나 중심의 듣기이다. 이것은 대부분 사람이 하는 방식이다. 일반적으로 우리가 듣는 방식이 나 중심의 방식이라고 볼 수 있다. 자기가 가진 패러다임을 상대가 말한 내용과 관련하여 듣는 것이다. 코칭에서 이것은 때로 유익하게 작용하기도 한다. 그것은 코치이가 경험했던 것이 코처와 유사하거나 같을 때에 아주 긍정적인 효과를 나타내기도 한다. 코처가 "당신의 이야기를 들으니 작년에 제가 겪었던 일이 생각납니다. 저도 당신처럼…"과 같은 유사한 경험을 이야기하고, 극복하는 사례를 이야기한다면 코치이와 큰 공감을 얻고 코칭 프로세스를 전개해 나갈 수 있을 것이다. 그러나 대부분 나 중심의 듣기는 코처로 하여금 코치이의 삶과 대화의 내용을 돌아보고 자신의 필요나 도움 혹은 해결 방법들을 모색하게 하기에는 적합하다고 할 수 없다.

다음으로, 상대 중심의 듣기가 있다. 이 단계야말로 경청의 시작이라고 말할 수 있다. 상대방 중심으로 듣는다는 것은 상대가 말하는 것을 가지고 "이것이 저 사람에게는 무슨 의미가 있는가?" 하는 질문을 던지면서 듣는 것을 말한다. 상대가 내뱉는 말이 어떤 것은 아무 의미가 없는 말이 있을 수 있지만, 지금 하는 이야기가 상대에게 어떤 의미가 있는 말인가를 생각하면서 듣는 것이다. 그래서 표현된 그것으로 상대의 말을 받아들이는 것이 아니라 표현된 이면에 상대가 표현하고자 했던 것을 알아내는 것이다. 다시 말해서 상대방 중심의 듣기란 지금 코치이가 어떤 단어나 문장을 말하였지만, 그것을 코치이 삶의 배경이라는 문맥 속에서 살펴보는 작업이라고 할 수 있다. 어떤 면에서는 상대가 이야기하는 피상적 대화 속에서 그 내면이 말하고자 하는 것을 찾는 신중한 듣기라고도 볼 수 있다. 특히 코칭에서 코처는 코치이가 하고자 하는 바를 돕는 일을 한다고 보면, 상대

중심의 듣기는 매우 중요한 기술이 되는 것이다. 그런 점에서 경청은 코처가 가져야 할 능력이라고도 볼 수 있다.

한편, 그 대상이 아니라 청자로서 듣기에는 단계적인 태도가 필요하다. 듣기는 마음의 태도에서 시작하며 어떤 기술이라기보다는 먼저 잘 들으려는 마음의 태도이다. 먼저는 귀로 듣는 단계가 있다. 코치이의 이야기를 듣기 위해서 코처가 가장 먼저 해야 할 일은 자신의 귀를 여는 것이다. 당연한 이야기인 것 같지만, 우리는 우리의 귀를 의심하는 이야기를 안 들으려고 하는 습성이 있다. 또한, 자신의 귀에 들리지 않는 것뿐만 아니라 자기가 이해할 수 없는 것도 듣지 않으려고 한다. 귀를 통해서 정보가 들어오지만 그것은 하나의 소리가 되어서 다른 귀로 흘러나가는 일이 많다. 이것이 바로 선입견을 품고 듣는 폐해를 절실하게 나타내는 현상이다. 특히 코처가 전혀 다른 생각을 하거나 잡념을 가지면서 듣는다면 코치이의 이야기는 코칭에서 단순한 잡음이나 배경 음악에 불과한 것이 된다. 그러므로 코처는 코칭에 있어서 의식의 화살표가 코치이를 향하여야 한다.

다음으로, 입으로 듣는 단계가 있다. 이것은 코치이가 말하고자 하는 바를 정리하는 것이다. "지금까지 말씀해 주신 것이 …… 내용인데, 제가 이해한 것이 맞습니까?" "방금 하신 이야기는 …하다는 것이라는 말씀이지요?" "제가 이해한 바로는 ……" 등의 표현을 통하여 코치이가 말한 내용을 코처가 제대로 이해하고 있는지, 코치이가 제대로 자신의 표현을 구현했는지 되묻기를 통해서 확인하는 것이다. 때로는 코치이가 말한 내용을 그대로 요약하여 정리하는 것까지도 포괄한다. 이것을 코칭에서는 바꾸어 말하기 Rephrase라고 한다. 이것은 코처가 들은 것을 다시 코치이에게 말하므로 자신이 제대로 들었는지를 확실하게 알 수 있게 한다. 그러나 단순히 반복하거나 단순한 형식으로 해서는 안 된다. 이것은 형식보다 본질적 접근으로 생각해야 하며, 누구에게나 잘못 들을 가능성이 있으므로 이것을 염려한 진중한 듣기라고 생각해야 한다.

세 번째로 손으로 듣기가 있다. 손으로 듣는다는 것은 듣기에서 손을 사용하라는 말이다. 내용에 따라서 코치이의 설명이나 이야기가 다소간 길어질 수도 있다. 이때에는 분위기상 자연스럽게 계속 이야기하도록 하는 것이 좋다. 그러나 내용이 많아지거나 길어지면 코처는 코치이가 말하는 내용의 핵심이 무엇인지 곧바로 찾는 데에 어려움을 가질 수 있다. 그래서 대화를 하면서 메모하는 것이 상당히 유익한 방법이 된다. 코칭은 편안하게 말할 수 있는 상태가 계속 유지되는 것이 좋다. 그런 점에서 메모를 하는 것은 코치이가 편안히 자신의 이야기를 계속 할 수 있게 하고, 코처로 하여금 상대방의 대화에 적극적으로 참여하는 태도를 보이는 좋은 방법이 된다. 특히 메모는 코치이에게 코칭의 윤활유로 작용하는데, 그 이유는 메모함으로 이 이야기가 코처에게도 중요하고 또한 올바른 정보를 얻고자 노력하는 것을 상대에게 보이기 때문이다.

네 번째로 몸으로 듣기가 있다. 몸 전체를 사용해서 귀 기울여 듣는 것을 말한다. 대화에는 통상 언어적 요소와 비언어적 요소가 있다. 비록 비언어적 요소가 대화의 중심에서 벗어나 있지만 때에 따라서는 언어적 요소보다 더 큰 대화의 효과를 볼 수도 있다. 이 비언어적 요소, 몸짓은 때에 따라서 상대의 말에 반응을 보이는 아주 중요한 행동이라고 할 수 있다. 몸짓으로 하는 긍정적 반응은 코치이로 하여금 코처가 자신의 이야기를 공감하거나 수용하고 있다는 것을 느끼게 하는 아주 중요한 요인이 된다. 흔히 사용하는 몸짓은 눈으로 상대에 주목하고, 고개로 상대의 말을 인정하고, 몸이 상대방을 향하여 가까이 있고자 하는 태도가 있다. 때에 따라서는 코치이가 다음의 말을 이어갈 때까지 아무 말 없이 침묵을 하는 것도 상대에게 배려가 된다는 것을 알 필요가 있다.

끝으로 마음으로 듣기가 있다. 이것은 바로 상대의 말을 수용하는 듣기이다. 우리말에도 가장 잘 통하는 사이에는 이심전심 以心傳心이라는 말이 있다. 마음으로 듣는다는 것은 코치이가 한 말의 내용뿐 아니라 그의 감정과 그가 그렇게 말할 수밖에 없었던 이유도 다 이해한다는 것으로 가장 바람직한 듣기 형태이다. 이것은 코치이의 가능성과 잠재력을 최대한 발휘할 수 있도록 배려해서 듣는 것이며, 그 대화의 기준을 코처에게 맞추지 않고 상대에게 맞추어서 듣는 것이다. 여기에는 간섭과 충고가 필요 없고, 문제 해결점도 코치이가 찾도록 섬세하게 신경 쓰는 태도이다. 마음으로 들어야 제대로 된 코칭 관계가 유지될 수 있다. 그리고 이어지는 코칭도 더욱 충실하게 진행할 수 있다. 혼다 가쯔지는 『알기 쉬운 비즈니스 코칭』에서 "경청의 마음을 표시하는 것은 이해하고자 하는 태도의 표현이기 때문에 어떤 반응을 해야 할 것인가에 판단 자료를 주는 것이기도 하다."라고 말하였다. 듣는 행동은 코칭에 필요한 기술이라기보다 코처가 코치이에게 가져야 하는 코칭 태도라고 보는 것이 더 가까울 것이다. 그러한 태도는 갑자기 형성되는 것이 아니므로 코처는 이러한 자세가 자연스럽게 나올 수 있도록 그 마음이 코치이를 향해 먼저 따뜻하게 열려 있어야 할 것이다.

격려하기

┅┅격려의 힘

예수님 당시의 기독교는 이스라엘이라는 지리적 영역에 한정되어 있었다. 이러한 기독교를 아시아와 유럽으로 가는 전초기지를 만들고, 그 당시 최강이던 로마 제국에까지 전한 사람이 있었다. 그래서 현재에 이르러 기독교가 세계적 종교가 되는 데에 가장 공헌한 사람을 손꼽는다면 누구라도 사도 바울의 이름을 거론할 것이다. 얼마나 많은 영향을 끼쳤는지 바울 Paul이라는 이름은 아주 흔한 이름이 되었으며 쉽게 부르고 어디서나 들을 수 있는 이름이 되었다. 그러나 우리는 바울이 개종하기 전에는 유대교 신봉자요 기독교를 박해하는 데에 앞장섰던 사람이라는 것을 잊어서는 안 된다. 그래서 초기에 바울이 기독교로 개종하였지만, 그를 만나려는 사람은 경계심을 가지고 대할 수밖에 없었으며 다른 기독교 지도자들에게도 그의 개종의 진정한 이유에 대해 오해를 받을 수밖에 없었던 것을 잊어서는 안 된다.

그러나 유대교에서 떠났지만 기독교 세계에 동화되지 못한 바울을 단순한 기독교인이 아니라 기독교를 전하는 전도자로 만드는 데에 이바지한 인물이 있었다. 그 사람은 바로 바나바였다. 바나바가 아니었던들 바울이 기독교 세계에서 친숙한 인물이 되기는 어려웠을 것이고 더 나가 유명한 전도자가 되는 길은 더 요원했을 것이다. 바나바가 그의 개종에 대한 보증이 되고 더 나아가 적극적으로 그를 기독교에 소개하였고, 가일층 자신의 전도 여행에 동참시킴으로 우리는 오늘 바울이라는 이름을 친숙하게 들을 수 있는 것이다. 바나바는 이름의 뜻이 "위로의 아들"이라고 하는 것처럼 바울에게 있어 코처였고 격려자였다. 그래서 오늘날에도 종교와 관계 없이 전 세계에서 다른 사람들을 격려하고 돕는 모임의 명칭을 "바나바회" 라고 하는 일이 많다.

▪▪▪감동의 관계

조엘 오스틴 Joel Osteen의 『긍정의 힘 Your Best Life Now』을 보면 제시 아저씨에 관한 글이 나온다.

언젠가 아버지는 친구 제시 아저씨와 함께 고등학교 미식축구 경기를 관람했다. 제시 아저씨의 아들 제프는 수비였기 때문에 공을 잡는 일이 거의 없었다. 그런데 한 번은 제프 앞에 볼이 떨어졌다. 제프는 잽싸게 달려가 볼을 잡았는데 그다음이 문제였다. 이동하면서 패스할 공간을 찾았지만, 우물쭈물하는 사이에 그에게 상대편 선수가 열 명쯤 달려들더니 제프를 깔아뭉개서, 그는 공을 들고 한 발짝도 나아가지 못했다. 오랫동안 어색한 시간이 흐르는 가운데 아버지는 제시 아저씨를 위로하고 싶었지만, 딱히 위로할 만한 말이 떠오르지 않았다. 그때 제시 아저씨가 갑자기 아버지의 어깨를 툭 치면서, 함빡 웃는 모습으로 이렇게 말했다. "존, 제프가 두 걸음 디딘 것을 봤나?" 다른 사람들이 자기 아들을 넘어뜨렸다는 사실보다는 아들의 두 걸음을 보고 기뻐하는 사람은 오직 자기 아버지밖에 없을 것이다!

그렇다. 아이를 키우면 느끼게 되는 것이 있다. 내 아들이 유달리 영재도 천재도 아니고 다른 아이가 다 하는 대로 이가 날 시기에 이가 나고 아빠를 부를 시기에 소리를 내고 걸음마 할 시기에 걷지만, 그것을 신기하고 감동적으로 별스럽게 느끼는 것은 부모만 가능한 것이다. 아기의 종알거림이 엄마라고 들렸다면, 그 어머니는 틀림없이 곧바로 남편에게 전화해서 아주 기쁜 듯이 말할 것이다. "자기야, 오늘 우리 애가 나보고 엄마라고 불렀어!" 우리가 일상적으로 생을 통해서 느끼는 것이지만 그것을 경이롭게 여기는 것은 바로 그 사이에 감동할 수 있는 충분한 감정 교류가 관계했기 때문이다.

우리가 평상시에 아주 좋아하는 가수의 노래를 들을 때 우리는 그 가수가 무난히 소화하는 정도의 노래도 가창력 높게 평가하여 듣게 된다. 이처럼 감동의 관계란 우리가 격려의 행위를 더 효과적이며 진솔하게 받아들일 수 있도록 하는 밑바탕이 된다. 코처는 코치이의 행동과 대화를 감동할 태세로 수용하여야 한다. 그렇지 않으면 코처는 코치이가 중요하게 생각하는 것에 별반 무반응이 될 수도 있고, 코처가 코치이에게 하는 말도 형식적이나 건성으로 하는 대응으로 상대에게 인식될 수 있다. 그러나 코처와 감동의 관계가 형성되어 있다면, 코치이의 작고 사소한 것에 대한 긍정적 반응도 코치이에게는 자신을 격려하는 것으로 인지될 것이다. 따라서 코처가 코치이를 효과적으로 격려하려면 먼저 자신에게 코치이의 행동에 감동할 수 있는 자세를 형성시켜 놓는 것이 중요하다.

┅격려의 방법

상대를 격려할 간단하면서도 효과적인 방법은 그 상대를 고려하여 알맞은 말을 하는 것이다. 그 말이 길지 않아도 상대의 심정에 전달되는 적절한 말은 아주 좋은 방법이다. 그렇게 하려면 상대의 처지에서 말하거나 상대의 심중을 고려하여 대화를 비교적 단순하게 하는 것이 좋다. 코치이가 걱정이나 실망한 상태에 있을 때는 상대를 염려하고 있다는 것을 보여라.

인생에서 누구나 웅덩이와 수렁에 빠지는 경험을 할 수 있다. 앞으로 나갈 수도 없고 뒤로 물러설 수도 없는 처지에 있는 것이다. 운전할 줄 아는 사람이면 누구나 한 번쯤 경험했을 것이다. 비포장 좁은 도로를 가다가 혼자의 힘으로는 빠져나올 수 없는 진흙이나 모래 구덩이에 차바퀴가 빠져서 공회전만 한 채로 차가 오도 가도 못했던 것을 말이다. 또는 우울증이 있어서가 아니라도 매사에 힘이 부치고 피곤해지며 만사가 귀찮고 무기력해짐을 느꼈던 경험도 있을 것이다. 이러할 때, 빠져 있는 차를 뒤에서 밀어주듯이 옆에서 간단히 걱정하고 격려하는 말의 따뜻함을 매우 인상 깊게 느낄 수 있을 것이다.

어느 야구 선수가 있었다. 그는 시즌의 성적이 좋지 않아서 2군으로 밀려나야 하는 형편에 처해 있었고, 자격지심으로 후보가 되느니 야구를 그만두는 것이 더 좋지 않을까 하는 생각을 하고 있었다. 다른 선수들은 열심히 연습하더라도 그는 의기소침한 채로 벤치에 앉아서 멍하니 있곤 하였다. 어느 날 그는 중대 결심을 하고 선수 생활을 그만두겠다고 감독에게 말하려고 일어났다. 그러다 마침 휴무일이어서 연습 경기를 구경하던 어떤 회사원을 만나게 되었다. 그 회사원은 그 야구 선수에게 다가와 미소를 지으며 자기 아들이 그를 너무나 좋아한다고 하였고, 아주 열렬한 팬이라고 이야기하였다. 그리고 자신은 아들에게 특별한 생일 선물을 하고 싶어서 야구공에 사인을 받고자 왔다고 말했다. 그리고 자신의 아들뿐만 아니라 자기도 그 야구 선수가 지금은 슬럼프이지만 곧 이전에 보여 준 그 타율과 타점을 다시 기록할 것으로 믿는다고 하였다. 이 이야기를 듣던 그 야구 선수는 선수 생활을 계속했으며 더 유명한 선수가 되었다.

4장

라이프 코칭의 실제

Practice of Life Coaching

신뢰 형성 Trust Building

•••첫인상

갑자기 전화벨이 울린다. 당신은 수화기나 휴대 전화기를 집어 들고 "여보세요"를 했을 때, 너무나 귀에 익은 자신의 이름을 듣는다. 그리고 상대방은 당신의 명함을 보거나, 가까운 친구에게서 들었다거나 혹은 전단을 보고서 당신에게 전화했다고 말한다. 이것은 그가 당신에게 코칭을 의뢰하는 순간이다. 당신은 내심 반가우면서도 약한 전율을 느끼며 작은 부담을 갖게 된다. 설레는 마음을 진정하고 상대방의 용건을 들으며 상대의 문제에 대해서 그 수위를 조절하거나 가늠해 보면서, 코칭을 할 수 있다고 판단하면 더욱 자세하게 진행하도록 다음에 만날 것을 약속할 것이다. 물론 계속해서 전화로 코칭을 할 수 있지만, 상대방을 더 정확히 진단하고 더 효과적 코칭을 하려면 한 번은 대면하는 것이 좋다고 판단할 것이다.

약속된 시간이 다가오고 당신은 긴장된 모습으로 거울 앞에서 자신의 모습을 비춰 보면서, 준비물들을 챙겨서 예비 코치이에게 갈 것이다. 가는 동안에도 무엇을 이야기할 것인가를 머릿속에 그리면서, 첫 만남이 자신에게 중요하다고 생각할 것이다. 일반적으로 사람들은 첫인상이 상대방에 대한 평가를 하는 데에 매우 중요한 것이라고 말한다. 화술 전문가 윤치영은 호감 가는 첫인상을 보이는 데 필요한 몇 가지를 말한다.

❶ 웃는 얼굴로 상대를 대하라

당신이 웃는 얼굴로 상대를 대하면 어느새 상대방도 당신을 바라보며 미소를 띠고 있을 것이다. 첫 만남에서 연방 밝은 웃음을 지으며 대화를 풀어 가는 것은 상대로 하여금 호감을 느끼도록 플러스 작용을 한다.

❷ 상대방의 눈을 보며 이야기해라

우리나라 사람들은 눈을 맞추며 이야기하는 것을 어색해 한다. 그러나 상대의 눈을 보고 상대의 마음에서 우러나오는 이야기를 듣는 것이 좋은 첫인상을 남기는 기본이라 할 수 있다.

❸ 옷차림을 만남의 장소와 시간, 목적에 맞게 입어라

때와 장소에 맞는 옷차림을 선택할 줄 아는 사람이 좋은 첫인상을 만든다. 옷차림 하나에 따라 분위기 파악을 잘못하는 사람으로 혹은 잘하는 사람으로 기억하게 됨을 명심하자.

❹ 첫 만남의 자리에서는 적당한 거리를 유지하라

보통 여러 사람과 동시에 만날 때 250~300㎝ 사이의 거리를 유지하는 것이 좋다. 단둘이라면 150㎝ 정도의 거리를 유지하고 이야기하는 것이 가장 이상적인 거리로 알려졌다. 상대와의 거리까지 신경 쓰는 세심한 사람은 상대에게 호감을 살 수 있을 것이다.

❺ 처음 만났을 때와 헤어질 때, 악수로 인사를 청하라

말로 인사하는 것보다 상대방의 손을 실제로 마주 잡는 것은 매우 강한 인상을 준다. 악수 시간은 3초 정도가 가장 적당하다. 그리고 악수를 할 때는 가벼운 미소를 지어 보이는 것이 또한 매우 중요하다.

❻ 상대방과 좋은 대화를 나눠야 한다

사람의 첫인상은 좋은 말 한마디로 좌우되는 것이라고 해도 과언이 아닐 것이다. 말은 요술을 부린다고 한다. 사람들의 뇌리 속에 강하게 기억될 힘 있는 말 한마디, 좋은 말 한마디가 당신의 평생 첫인상을 결정하는 법이다. 말로 요술을 부릴 줄 아는 사람은 조금 험한 인상을 주더라도 상대방에게 부드러운 느낌이 들 수 있다.

그러나 당신이 처음이라 떨리고 무언가 마음먹은 대로 잘하지 못하여 미팅 후에 후회하면서 돌아가게 되었다고 해도 너무 걱정하지 말길 바란다. 심리학자들에 의하면 첫인상이 주는 이미지는 두 가지라고 한다. 하나는 초두 효과이며, 다른 하나는 빈발 효과라고 한다. 초두 효과 Primacy Effect는 대부분 먼저 제시된 정보가 나중에 들어온 정보보다 전반적인 인상 현상에 더욱 강력한 영향을 미치는 것을 말하는데 첫인상이 중요하다고 보는 것은 이 때문이다. 즉, 첫인상은 나중에 들어오는 정보를 해석하는 기준이 된다는 말이다. 빈발 효과 Frequency Effect는 첫인상이 좋지 않게 형성되었다고 할지라도, 반복해서 제시되는 행동이나 태도가 첫인상과는 달리 진지하고 솔직해지면 점차 좋은 인상으로 바뀌는 현상을 말한다. 이것은 또한 최근의 정보가 과거의 정보가 주었던 신념과 가치를 바꾸는 의미가 있어서 최신 효과 Recency Effect라고도 한다.

초두 효과가 좋은 경우, 그다음 미팅에서는 지금의 이미지와 같거나 더욱 나은 모습을 보여야 한다는 스트레스를 받을 수도 있다. 첫인상에서 꾸

밈이 많은 경우 더 많은 스트레스가 동반한다. 그에 비해서 빈발 효과를 기대할 수밖에 없는 경우에는 다음의 진지한 모습과 본연의 자기 모습을 보일 여유가 있다. 그래서 비록 첫 만남에서 자기의 인상이 구겨져 보였다고 하더라도 실망하지 말자. 당신이 자신의 현재 상태에 절망하고 있는 코치이에게 하고 싶은 말처럼. "해는 내일 다시 뜬다. The sun also rises tomorrow."

┅자신감

첫 인터뷰에서 코처가 코치이에게 보여야 할 것은 무엇인가? 물론 첫인상에서 상대방에게 남는 가장 큰 요소는 시각적인 것이 대부분일 것이다. 통계에 의하면 80% 이상의 판단이 시각에 따라 이루어진다고 한다. 그러나 이 만남은 얼굴만 보는 걸로 끝나는 면접이 아니므로, 당신의 코처로서의 자질을 판단하기에 충분한 시간이 첫 만남에서 주어질 것이다. 여기서 당신은 무엇을 보여야 할 것인가?

가장 중요한 요소는 자신감이다. 자신감이란 코칭을 잘할 수 있다는 능력의 차원이 아니라 최선을 다하겠다는 성실성이 관건이다. 초면에 지나친 자신감은 상대에게 잘난 척으로 보일 뿐이다. 자신감의 근거는 철저히 준비된 자세와 열정으로 코치이의 삶을 도우려는 마음에 있어야 한다. 처음 만날 때 이러한 모습을 보이려면 코치이가 코처로서 당신을 받아들일 수 있게 한다. 그러려면 코처인 당신이 말해야 할 것이 몇 가지 있다.

하나는 자신에 대한 소개가 필요하다. PR이라고도 할 수 있을 것이다. 당신이 유능한 코처임을 코치이에게 알려야 한다. 구구절절이 혹은 시시

콜콜하게 어릴 적 지난 이야기를 할 필요는 없다. 그러나 코치이와 빨리 친밀한 관계가 되려면 약간의 신변잡기와 자신을 드러낼 수 있는 몇 마디가 필요하다. 이것은 코처와 코치이의 사이가 직장 상사와 부하 직원도 아니고 스승과 제자의 사이가 아니라 친구 같은 조언자라는 부담 없는 느낌을 코치이에게 줄 수 있기 때문이다. 다른 하나는 자신의 이력이나 경력을 알리는 것이다. 이것은 당신이 돋보이도록 위조하라는 말이 아니다. 당신의 장점을 이야기하고, 그동안 코처가 되고자 당신이 준비해 온 단계들과 훈련해 온 과정을 이야기하는 것이다. 더 나아가 코처로서 당신이 쌓은 경력과 그동안 다루어 온 일들을 말해 줄 필요가 있다. 코치이의 처지에서 자신과 비슷한 경험이 있는 사람을 당신이 코칭을 했다면, 더욱 편하게 코칭을 진행할 수 있다는 안도감을 줄 수 있다.

끝으로 자신의 코칭 장점과 한계를 말해야 한다. 당신이 다루어 온 코칭 경험과 전문적 훈련과 지식에 비추어볼 때, 당신은 자신이 잘 다루는 코칭의 분야가 무엇인지, 어떤 유형의 코치이를 더 잘 코칭할 수 있을지 알고 있다. 그래서 이 부분을 말할 필요가 있다. 어떤 면에서 코처는 다 잘할 수 있다고 코치이에게 어필하고 싶은 유혹을 느낄 것이다. 그러나 부문별로 전문화되는 현시대에서 그것은 바람직하지 않다. 차라리 때에 따라서는 당신의 한계를 인정하고, 당신이 코칭하기 어려운 것은 다른 전문가에 맡기는 것이 좋겠다고 코치이에게 말할 필요도 있다. 그러면 오히려 코치이는 당신의 솔직함에 더 적극적으로 당신에게 코칭을 의뢰할 수도 있다.

이처럼 투명한 자세로 당신의 모습을 자신 있게 상대에게 드러내는 것이 바람직하다. 코칭의 첫 단추는 코처인 당신이 코치이에게 신뢰감을 주어야 펼 수 있기 때문이다. 따라서 첫 만남에서 서로 신뢰할 수 있는 분위기를 조성하도록 노력하는 것이 당신에게 필요하다. 그래서 어느 정도는 긍정적인 분위기를 만들도록 유머와 융통성이 필요하기도 하다. 상호 신뢰를 기반으로 부드럽고 열린 상태에서만이 코치이가 마음을 열고 당신의 코칭을 통해서 변화할 수 있는 전제 조건이 되기 때문이다.

····규칙화

코처와 코치이가 서로에 대해서 계속 대화할 의사가 있으며, 코치이가 코처인 당신과 코칭 관계를 유지하고 싶다면 서로 동의할 수 있는 몇 가지 기본 규칙을 만드는 것이 필요하다. 이것은 코처인 당신이 지켜야 할 기본적인 수칙을 일컫는 것이며, 반대로 코치이인 상대방이 코칭에서 긍정적이고 능동적인 자세를 보여야 하는 것을 말한다. 다음은 기본적으로 코칭서약에서 사전에 조율해야 할 최소한의 사항이다.

― 정직 Honesty
코치이는 정직하게 자신의 상태와 목표를 코처에게 말해야 하며, 코처도 코치이에게 사실적으로 코치이의 상태와 문제를 알려야 한다.

― 비밀 Confidentiality
코처는 코치이와 논의한 문제와 내용을 코치이의 허락이 없는 한 다른이와 공유하거나 누설할 수 없다. 비밀 엄수나 유지는 코처라는 직업의 특성으로 이해해야 한다.

— 취약점 Vulnerability

사람에게는 누구나 상처받기 쉬운 곳이 있으며, 감추고 싶은 취약점이 있다. 코처는 코치이의 이러한 약점들을 비난해서는 안 되며, 코치이가 약점을 드러낼 수 있도록 신뢰를 주어야 한다.

— 정확함 Punctuality

코처와 코치이는 서로 존중하는 마음으로 모든 만남 및 전화 약속 등의 시간을 지키며, 기간과 대금 지급 같은 문제도 서로 간에 정해진 약속들을 정확히 지켜야 한다. 일반적으로 코칭의 기간은 과제 중심인 경우 그 일이 성취되는 시점이나 성취할 수 있는 조짐이 보이기 시작하기까지를 고려하며, 사람 중심인 경우는 짧게는 3개월에서 1년에 걸쳐서 코칭의 빈도수에 맞게 조절한다. 그러나 특정한 경우 코처는 코치이의 평생 조언자가 되는 일도 있다. 세계적인 지도자에게는 그를 돕는 코치가 늘 있다.

— 준비 Preparedness

코처는 다음 코칭에 필요한 자료들을 철저히 준비하여 진행에 차질이 없도록 하며, 코치이는 자신에게 주어진 과제들을 다 완수함으로 다음 만남을 위해 미리 준비되어 있어야 한다.

이 외에도 얼마나 자주 만날 것인지, 어떤 방식으로 의사를 교환할 것인지, 얼마나 오랫동안 할 것인지, 코처가 사용할 코칭 방법이 무엇인지 코치이에게 코칭에 필요한 전반적인 이해와 지침을 가이드 해야 할 것이다. 그러나 과제 중심인지 사람 중심인지에 따라 다소간 차이가 있을 수 있으나, 규칙의 항목에 대한 응답은 코치이가 주도하도록 하는 것이 바람직하다. 강요가 아니라 자발적으로 코치이가 선택하고 서명하도록 함으로써 코칭에서 책임감을 느끼게 할 수 있으며, 능동적으로 참여하도록 할 수 있다.

▪▪▪점검

아무리 당신이 솔직 담백하다고 하더라도, 코처가 된 이상 어느 정도는 프로 의식을 가지고 코치이를 대해야 할 것이다. 코칭도 서비스 산업이기 때문에 친절하고 상냥하게 보이는 것이 필요하다. 그러려면 자신의 약점을 조절하며 장점을 드러내는 기교가 어느 정도는 필요하며, 이를 위해서 자신을 인지하는 것이 필요하다. 즉, 당신을 신뢰감을 줄 수 있는 좋은 코처로 만들도록 어떻게 이미지화할 것인지를 생각해 보는 것이 필요하다.

먼저 당신의 이미지를 점검해 보자. 당신은 어떠한 사람인가? 다음의 동사를 보고 다른 사람이 자신에게서 느낄 수 있는 것에 밑줄을 쳐보자.

따뜻하다	다정하다	조용하다	친근하다
애교 있다	침착하다	편안하다	친절하다
인내력 있다	얌전하다	명랑하다	이해가 빠르다
예의 바르다	매력 있다	시원하다	논리적이다
성실하다	설득력 있다	깨끗하다	신중하다

재치 있다	진지하다	열성적이다	낙천적이다
배짱 있다	활동적이다	이지적이다	사교적이다
박력 있다	착하다		(총____/ 30개)

다음으로 자신의 외모를 살펴보자. 코치이를 만나기 전에 당신은 어떠
한 모습이었는가?

머리는? _____   얼굴은? _____

의상은? _____   복장 상태는? _____

손은? _____   스타킹은? _____

구두는? _____   액세서리는? _____

가방은? _____

끝으로 자신의 행동을 살펴보자. 코칭을 하는 동안 당신이 어떻게 하고
있었는지를 알아보는 것으로 코칭 후에 점검해 보자.

자세는? _____   화제는? _____

발음은? _____   억양은? _____

표정은? _____   표현은? _____

조사는? _____   행동은? _____

시간은? _____   경청은? _____

이해는? _____   결론은? _____

분위기는? _____   배려는? _____

강조점은? _____

니즈 파악 Needs Recognition

▪▪▪ 코치이의 욕구

코치이가 당신을 불러서 만나자고 하거나 코칭을 의뢰하는 것은 단순한 호기심이나 대화 상대가 필요해서가 아니다. 코치이가 누군가 자기에게 전문적으로 코칭해 줄 사안이나 코처가 필요해서 연락한 것이다. 코치이의 욕구에는 기본적으로 두 가지의.요소가 있다. 하나는 현실에 대한 불만족에서 기인한다. 이것은 코치이가 안정적 현실을 누리고 있음에도 자신의 삶에서 개선되어야 하는 점들을 발견하였거나, 평소에 자신의 삶을 지속적으로 어렵게 만드는 고질적인 병폐들이나 갈등을 개선하고자 하는 열의가 있을 때에 드러나는 현상이다. 따라서 좀 더 안정적이고 좀 더 만족한 삶을 가꾸고자 현재 삶의 질을 높이는 것이 주된 목적이다.

다른 하나는 미래에 대한 새로운 도전이라고 할 수 있다. 이것은 현실의 삶은 안정적이지만 미래에 더 만족스러운 삶을 살고자 평소에 코치이가 꿈꿔 온 비전들을 실현하고 싶은 경우와 당면한 현실에 뚜렷한 삶의 돌파구가 없어서 다르게 변모하지 않으면 미래에 자기 존재가 불확실하거나 현재보다도 못할 것이라고 여겨질 때에 나타나는 징후이다. 따라서 불확실한 미래에 대한 두려움이나 그 가능성의 성취 여부를 제대로 가늠해 보고, 성취할 방법을 모색하는 것이 코칭을 하는 주된 목적이다.

그런 점에서 전자의 경우는 코치이의 정확한 현재 상태를 이해하는 것이 당신이 해야 할 중요한 일이며, 후자의 경우에는 코치이가 가진 자원과 자질을 활용할 적절한 방법을 찾는 것이 당신이 코칭해야 할 과제가 될 것이다. 그리고 이 두 가지의 경우에 당신은 코치이의 욕구가 정확히 무엇인지를 인지해야 한다. 그러자면 당신은 코치이의 상태를 진단할 수 있는 도구와 능력을 갖추어야 한다.

▪▪▪코치이의 진단

코처가 코치이의 욕구를 파악하려면 알고 있어야 하는 여러 가지 가운데 가장 중요하게 생각하는 것을 세 가지만 간략하게 말하고자 한다. 하나는 코치이 자신을 파악하기 위한 것으로 성격에 의한 진단이며, 다른 하나는 코치이의 핵심 욕구가 무엇인지를 파악하는 방법으로 코칭 스킬에 의한 진단이며, 끝으로 코처의 능력에 따라 그 차이가 벌어지는 것으로 관찰에 의한 것이 있다.

▬ 성격 진단 Character Diagnosis

성격 진단이 가능한 이유는 사람은 태어나면서부터 각기 나름의 행동 방식으로 생활하는데, 이것은 성격 Character 이라고 불리는 그 사람 고유의 특성이 있기 때문에 가능하다는 것에 근거한다. 그리고 이러한 성격은 사람마다 차이가 있으며, 그 차이점들을 잘 이해하면 본인뿐만 아니라 다른 사람에 대한 이해도 가능하다는 것에 근거한다. 그래서 당신이 성격에 맞추어 코칭을 할 수 있다면 코칭 과정은 활발한 상호 작용에 의해 더 큰 시너지가 생길 것이라는 것은 뻔하다.

코칭에서 크게 사용하는 성격 진단법은 MBTI를 들 수 있다. MBTI는 성격 유형을 판별하고 비교적 그 유형 간의 대응이 자세한 것이 장점이지만, 그 유형이 너무 많아서 복잡하게 느끼는 사람이 많다. 그래서 비교적 간단하면서도 선호하는 행동 유형으로 성격을 진단하는 DiSC가 요사이에 많이 사용된다. 그리고 최근에는 코치이의 잠재력과 자질을 진단할 수 있는 MAPP가 사용되기도 한다. MAPP는 Motivational Assessment of Personal Potential의 약자로 미국에서 개발되었다. 잠재 동기를 평가하여 코치이가 바라는 삶이 무엇인지 검토하는 것으로 직업이나 진로의 문제로 코처가 필요할 때에 좋은 코칭 자료가 된다. 여기서는 그 대표적인 종류만 언급하고 성격 진단법은 자세하게 다음 장에서 설명할 것이다.

— 스킬 진단 Skills Diagnosis

코칭 스킬로 코처는 코치이의 현재 상태와 그가 가장 염려하는 것, 그리고 그의 욕구를 파악할 수 있다. 이렇게 코치이를 진단하는 것을 스킬 진단이라고 하는데, 여기에 필요한 코칭 스킬은 앞서 본 경청 시에 코처에게 필요한 기술과 같다. 특히 많이 사용하는 것으로 코치이가 말한 내용을 명료화하기 Clarification, 바꾸어 말하기 Paraphrasing, 반영하기 Reflection, 요약하기 Summarizing, 그리고 코처가 들은 내용이 코치이가 말한 것과 같은 것인지를 되묻는 질문하기 Asking or Repeating가 있다.

다음의 코치이가 한 말을 가지고 스킬 진단을 해보기 바란다. "내 생활이 엉망입니다. 애들은 하라는 공부도 안 하고, 집을 어지럽히기만 하고, 직장에서 상사는 영업 실적이 안 좋다고 쪼아대기만 하고…."

C ————————————————————————
P ————————————————————————
R ————————————————————————
S ————————————————————————
C ————————————————————————

위의 스킬 진단의 방법 가운데 적절한 것을 코처가 사용해야 하며, 좀 더 확실하게 알고자 할 때에는 같은 내용을 다른 방법을 사용하여 재차 진단해 보는 것이 좋다.

— 관찰 진단 Observation Diagnosis

관찰한다 Observe는 것은 기본적으로 보는 것 to see을 말한다. 그러나 그냥 무심히 보는 것이 아니라 주의 깊게 살펴보는 것 look at을 의미한다. 더나아가 자기가 본 바를 말하는 관찰 remark이다. 관찰 진단은 코처의 관찰력에 따라 코처가 코치이로부터 알아낼 수 있는 것의 차이가 크다. 통상적으로 사람이 막연히 길을 걸어갈 때와 목적지를 정해놓고 갈 때의 태도가다른 것처럼, 관찰력은 코처의 관심도에 따라 달라진다. 이 말은 코처의코치이에 대한 관심도와 그가 어떤 것에 관심을 더 두느냐에 따른 관찰을 통해서 알 수 있는 것이 다르다는 말이다.

인간의 인지 능력은 항상 긴장된 상태에서 관찰을 지속하는 게 가능하지 않다. 관찰과 기억은 순간순간마다 쉬는 시간을 가져야 한다. 따라서 코칭 과정에서 코처가 코치이에게 주의를 기울여야 할 순간에 집중력을 가지고 관찰하는 것이 매우 중요하다. 코처가 중요하게 생각해야 할 것은, 코치이가 강조하고 있거나 반복하고 있거나 비슷하고 연관된 내용을 계속 언급하는 것이다. 관찰을 통하여 코처는 코치이가 말하고자 하는 표피적 내용이 아니라 그 맥락과 이면의 것들을 찾을 수 있어야 할 것이다.

목표 수립 Founding Goal

···주제 정하기

코치이가 당신에게 자신의 걱정거리나 문제 혹은 찾아 온 이유나 만나
야 할 내용에 대해서 말할 때 코치이는 얼버무리거나 망설이거나 돌려 말
하는 등 당신을 난처하게 할 수도 있다. 하지만, 코치이가 코칭 이슈를 편
하게 말하도록 분위기를 조성하고 그가 말한 내용을 분명한 코칭 이슈로
만드는 것은 당신이 해야 할 일이다.

코치이가 코칭을 원하는 문제에 당신은 진심으로 공감해야 하며, 그의
문제를 선입관 없이 함께 풀어 나가는 모습을 보여야 한다. 코치이의 문제
접근 의식과 해결 방법 혹은 문제에 대한 위기의식이 당신이 보기에 잘못
된 것이라고 할지라도 섣부른 교정은 금물이다. 이 단계에서 당신은 코칭
에서 논의할 주제를 코치이와 합의로 정해야 할 것이다. 때로는 코치이의
문제가 여러 가지일 수 있다. 복합적으로 다룰 수 있으면 종합적으로 코칭
하는 것도 필요하지만 자칫 산만하거나 뚜렷한 해결책을 찾지 못할 수도
있다. 삶의 문제라는 것은 근본적인 문제가 해결되면, 그와 동시에 다른
문제도 해결되거나 해결의 실마리를 찾을 수 있게 된다. 그리고 코칭의 목

표를 명확하게 해서, 코치이가 코칭에 대해서 거는 기대가 분명하도록 해야 할 것이다.

▪▪▪목표 세우기

흔히 코치이가 원하는 목표를 세우기 어려운 것은 그것을 목적과 비슷하게 생각하여 구별하지 못하는 데에 있다. 목적은 일을 이루려고 하는 목표나 나아가는 방향이며, 목표는 어떤 목적을 이루려고 하거나 어떤 지점까지 도달하려고 하거나 그 대상을 의미한다. 이것을 보면 두 단어의 차이를 구별하기 어렵다. 코칭에서는 간단하게 목적은 목표를 포괄하는 큰 의미로, 목표는 구체적으로 달성 여부가 판별되는 것으로 생각한다. 그래서 목표를 세운다는 말은 SMART 방식에 따라 특정한 시기에 그 결과를 알 수 있는 구체적인 사항을 세워야 한다는 것이다.

예를 들면, 자동차 외판원이 "차를 팔아야겠다"는 것은 목적이라고 할 수 있고, 목표는 "00동 홈플러스에 오는 주부를 대상으로 이달 말까지 5대를 팔 것이다"가 된다. 어떤 아내가 "나는 남편에게 잘해 주겠다"는 것이 목적이라면, 목표는"나는 남편에게 하루에 한 번씩 칭찬하고 격려할 것이며, 이것을 3개월 동안 할 것이다"가 될 수 있다. 목표가 중요한 이유는 목표가 분명해야 그에 따르는 활동이 결정되기 때문이다. 반대로 목표가 잘못되면 행동도 잘못되는 법이다.

목표를 바로 세우려면 당신은 코치이에게 도움이 될 수 있는 다음과 같은 질분을 해 볼 수도 있다. 목표는 코치이가 스스로 깨달아서 정할 수 있을 때 그 효용 가치가 높아진다.

❶ 당신의 삶에서 지금 일어나는 가장 중요한 일은 무엇인가요?

❷ 지금부터 1년 후에 당신의 삶이 어떻게 달라졌으면 좋은지 구체적으로 말해 주세요.

때에 따라서 목표는 미래의 성취보다도 현실의 안정되고 균형 잡힌 삶을 추구할 때가 있다. 로라 휘트워스의 책 『라이프 코칭 가이드 Co-Active Coaching』(2005)에서는 이때 코치이에게 7가지 단계로 접근할 것을 강조한다.

❶ 코치이의 관점이 협소하다는 것을 알게 하도록 하라.

❷ 다른 관점을 꿰뚫어 보라.

❸ 다른 관점으로 바라보라.

❹ 관점을 선택하라.

❺ 계획을 세우라.

❻ 계획에 헌신하라.

❼ 행동으로 실천하라.

▪▪▪ 자원 살피기

코치이가 자신의 문제에 대한 인식을 당신을 통해서 환기하고 새롭게 볼 수 있는 눈이 생겼다면, 그다음은 자연스럽게 목표를 세울 것이다. 그러면 당신은 그 목표에 도달할 수 있는 행동에 대해서 다시 한 번 코치이가 생각할 수 있도록 통찰력을 제공해야 한다. 이것을 통상적으로 대안 찾기라고 하는 데, 목표를 성취할 수 있는 좋은 방법을 모색하는 단계이다. 그러나 그전에 코처인 당신은 코치이가 제대로 현실적인 대안들을 검토하며 결정할 수 있도록 도와야 한다. 즉, 코치이의 대안 탐색 Options Research을 위해서 코처가 해야 할 행동으로 자원 살피기 Resources Research라고 한다.

여기서 코처는 코치이가 지닌 자원들을 주도면밀히 점검해 보아야 한다. 그리고 목표를 성취하는 데에 필요한 자원이 그 가운데 무엇인지를 살펴보아야 한다. 그리고 이러한 코치이의 장점과 자질이 효율적으로 활용될 수 있는 환경과 조건은 무엇인지, 또한 코치이가 활동할 때에 예상되는 방해와 현재 활동에 불리한 영향을 미치는 것은 어떤 것이 있는지 알아야 하며, 이 모든 것에 대한 전략들을 충분히 검토해야 한다. 그리고 다 되었다고 생각하면 당신은 코치이와 함께 현실성 있는 대안들을 제시하고 선택하여야 한다. 그리고 조금 더 구체적으로 세부 활동 사항을 정하므로 목표 달성에 한 걸음 더 다가서야 한다.

이 단계에서 사용할 수 있는 유용한 질문은 다음과 같다.

❶ 현재에 당신이 가장 먼저 해야 할 일은 무엇이라고 생각하나요?

❷ 그 일을 어떤 방법으로 실천할 수 있나요?

❸ 당신 스스로 변화할 수 있는 것은 무엇인가요?

❹ 목표 달성에 방해되는 것은 무엇인가요?

❺ 지금까지 당신이 미루어 왔던 일이 있으면 세 가지를 말해 보세요.

❻ 주위에 당신을 도와줄 사람이 있나요?

❼ 제가 무엇을 도와드리면 좋겠습니까?

변화 과정 Change Proces

•••과제 수행

코칭의 목표가 실현되도록 코치이는 당신과의 만남 후에 목표에 다가서는 작업을 하게 될 것이다. 구슬이 서 말이라도 꿰어야 보배가 되는 것처럼, 아무리 많은 계획과 방법을 가지고 있어도 행동으로 옮기지 않으면 목표에 도달할 수가 없다. 코치이의 태도가 바뀌고 행동이 바뀌지 않으면 현재와 미래 사이에는 건널 수 없는 강 같은 괴리가 있을 수밖에 없다. 코칭에서 변화는 코치이의 결단과 행동 여하에 따라서 그 결과가 엄청나게 달라진다. 그래서 이 점을 잘 아는 당신은 코치이가 자신의 꿈을 이루도록 몇 가지의 일을 독려하게 될 것이다.

이것은 어떤 면에서 숙제처럼 코치이에게 부담이 될 수는 있지만, 의사의 처방전처럼 삶을 개선하는 데 필요한 조치다. 과제는 변화를 위한 수단이자, 코치이가 얼마나 성공적으로 실천했는지에 대한 정보를 제공한다. 코칭 세션에서 당신은 코치이 자신이 하겠다고 말하는 부분은 그가 성공할 것이라고 믿어야 한다. 코처는 일을 하게 만드는 지도자이기보다는 코치이가 과제 수행을 위해 스스로 움직이게 하는 격려자가 되어야 한다. 경우에 따라서 당신은 코치이 스스로 행동에 대한 책임을 지도록 백지위임을 해줄 필요도 있다.

당신이 과제 수행을 위해 분명하게 해야 할 것이 몇 가지 있다. 하나는 과제가 필요한 이유를 분명하게 말해야 한다. 자신의 삶을 바꿀 말한 묘책이 있어도 그것을 실행하지 않으면 기대하는 결과를 가져 올 수 없다. 과제를 위해 어떤 행동을 할 것인가를 코치이가 확실히 알 수 있도록 해야 한다. 둘은 합리적인 실행 계획을 짤 수 있도록 해야 한다. 코치이가 목표에 도달하기까지 필요한 과제의 양과 하는 방법 등을 전략적으로 잘 세워야 한다. 그러나 처음부터 끝까지 모든 실행 계획을 세우는 것은 단시일 내에 어려운 문제이다. 다만, 이제 무엇을 하는지, 언제부터 해야 하는지, 처음 부분이라도 구체적이고 합리적으로 코치이가 이해할 수 있는 과제를 배분해야 한다. 셋은 적절한 평가를 할 수 있어야 한다. 코처는 과제가 제대로 수행되는지 제대로 알고 있어야 한다. 그런데 수많은 사람이 기본적인 고려도 없이 과제를 주는 것에 많은 신경을 쓴다. 물론 적절한 과제가 코치이에게 주어져야 할 것이다. 그러나 이에 못지않게 그 과제를 평가하는 적절한 방법이 있어야 할 것이다. 코처나 코치이 모두가 어느 정도 선에서 인정하고 이해하며 다음 단계로 진행할 수 있는 구체적인 선은 정해야 한다.

■■■피드백

행동 변화를 위해서 당신이 가장 신경을 써야 할 일은 바로 피드백을 효율적으로 하는 일이다. 코치이의 입장에서도 당신을 코처로 삼은 것은 자신에게 일어나야 할 좋은 변화나 자신이 변화하고 있는지, 그 방향이 바른지에 조언이 필요해서다. 코치이를 진단할 때에도 피드백이 필요하지만, 행동 변화에서 더욱 필요한 것이 코처의 피드백 스킬이다. 가장 기본적인 피드백 요령은 코치이의 생각에 "왜 그렇게 생각하십니까? Why do you think so?"라고 묻는 것이다. 이 하나만 가지고도 코치이에 대하여 알 기회가 생기며, 상대에게 관심을 표명할 수가 있다. 흔히 발전적 피드백을 돕는 것으로 세 가지를 말한다. ❶ Action─사람 자체가 아닌 구체적인 행동을 지적하라. ❷ Impact─생각이 아니라 행동이 미치는 영향을 표현하라. ❸ Desire Outcome─바라는 결과가 나올 수 있도록 기대하는 바를 말하라.

피드백을 할 때에는 아주 주의해야 할 두 가지가 있다. 하나는 코치이에게 신경을 집중하는 것이다. 지금 이 순간 자신의 이야기를 하는 코치이에게 가장 필요한 사람은 바로 당신이다. 코칭 시간에는 오로지 코치이에게 집중해야 한다. 전화를 통한 코칭일 때에는 상대의 톤이나 억양 같은 목소리의 변화를 민감하게 느낄 수 있도록 여유 있게 세심한 배려로 들어야 한다. 대면하는 경우에는 숨을 깊게 쉬고서 상대의 눈을 바로 보든지, 그것이 쑥스럽게 느껴지면 눈 밑을 내려다보는 것이 좋다. 상대의 눈을 제대로 볼 수 있어야 상대를 읽기가 쉽겠지만, 계속해서 눈을 마주치기가 어려우면 경청 중에 특별히 관심을 표시하고 싶을 때 다시 시선을 맞추는 것도 좋다. 더 나아가 대화의 내용도 제3자의 내용보다는 코처와 코치이 사이에 관계 있는 둘만의 이야기를 하며 감정을 공유하는 것이 좋다.

둘은 자신을 경험이 많은 코처라고 생각하는 이들이 저지르기 쉬운 것으로, 코치이의 말을 중단하는 것이다. 코치이가 띄엄띄엄 말하든지 어눌하거나 어색하게 표현할 때 그 말이 다 전해지지 않았음에도 사안에 따라서 당신은 그 말의 의미를 대충 알 수가 있다. 이럴 때 우리는 "무슨 말인지 압니다. I know what you mean"라고 말하기 쉽다. 그러나 코치이가 말하는 중에 성급하게 아는 척하는 모습은 당신이 이해력이 좋고 경험이 많은 것처럼 보이기도 하지만, 실상은 코치이가 계속해서 자기 내면의 이야기를 하려는 욕구를 억제해 깊이 있는 코칭 대화를 진행하는 데에 장애가 된다. 이유가 어떻든 극소수의 예를 제외하고는 대체로 코치이의 말을 중단하는 것은 코칭에 도움이 되지 않는다. 따라서 코칭 중에는 상대의 말끝을 마음대로 예상하지도 말고, 지레짐작하지도 말고 대화의 흐름이 자연스러워지도록 하는 것이 좋다.

피드백이란 코치이를 통해 나온 내용을 코처가 자동으로 다시 되돌려주는 것으로, 코치이로 하여금 코처를 통해서 순화된 자신의 이야기를 되새김질하게 하여 더 나은 결과를 산출하기 위한 코칭 스킬이다. 피드백을 효율적으로 하려면 첫째로, 당신은 반응을 보여야 할 것이다. 피드백은 기계적인 작용이나 잔소리가 아니다. 부정적이든 긍정적이든 혹은 중립적인 태도라도 당신은 코치이의 말에 반응을 나타내어야 한다. 둘째로, 언급되는 내용이 시기에 적절해야 한다. 칭찬이든 혹은 격려의 말이든 기억에서 희미한 이야기를 해서는 안 된다. 금방 당신의 말이 무슨 의미인지 알아들을 수 있는 내용으로, 될 수 있는 대로 가장 최근의 변화를 말하는 것이 좋다. 셋째로, 구체적이고 개인적인 것을 말해야 한다. 전 국민이 관심을 쏟는 월드컵 본선 진출, 코치이가 몸담은 회사의 매출이 올라가고 주가가 상승하는 그러한 것이 코치이가 관심을 가지는 일이 아닐 수도 있다. 따라서 피드백은 코치와 밀접한 관련이 있는 것으로 구체적인 사항으로 하는 것이 좋다. 자신에게 개인적인 관심을 가지고 코처가 피드백을 할 때에 코치이는 자신의 감정을 솔직하게 드러낼 수 있다.

더 나은 피드백을 위하여 당신은 항상 코칭 후에 당신의 피드백이 열린 상태에서 진행되었는지를 점검해 보고 부족한 것이 없었는지, 다음에 더 보충할 것이 무엇인지를 늘 평가해야 한다. 특히 코치이를 탓하는 부정적인 반응을 보인 적은 없었는지, 학습 증진을 위해 적절하게 격려는 하였는지 그 정도를 생각해 보아야 한다. 그리고 사람은 일반적으로 자신의 변화보다는 자신을 인정하는 말을 더 듣고 싶어하는 것처럼, 피드백의 내용이 적절히 균형을 맞추었는지 되새겨 보아야 한다.

▪▪▪ 장애물 처리

코칭 초기에 어려운 문제는 코치이가 자신의 약점을 알고 고치려고 하지만, 그의 의지를 붙잡는 변화를 거부하는 그레믈린의 처리법이다. 코처의 동기 부여를 통한 코치이의 행동 강화가 그 덫에서 **빠져나오게** 한다. 이것보다도 어려운 것이 당신에게 남아 있다. 그것은 코칭 과정이 본격화되었을 때, 더는 코칭이 진행되지 못하게 하는 진퇴양난의 난관이 그것이다. 그것을 다루는 것을 통상적으로 장애물 처리 Handling an Obstacle라고 한다. 물론 매 코칭 때마다 장애물이 있고, 코처는 그것을 다루어야 하는 부담을 늘 가지고 있어야 한다. 그러나 여기서 말하고자 하는 것은 코칭의 진행을 막는 중대한 문제를 말한다. 이러한 장애물을 제대로 처리할 줄 알아야 당신의 코처로서의 숙련도는 더 높아질 것이다.

코치이에게 있는 장애물은 크게 두 가지로 볼 수 있다. 하나는 코치이의 환경에서 오는 장애물이다. 그런 것으로는 코치이의 마음을 분산시키는 개인적이거나 직장 내의 갈등, 그의 에너지를 소모시키는 주위의 사소한 일들, 다른 사람에게서 오는 비난이나 무책임한 부탁, 그리고 자신에게 주어지는 막중한 책임감과 주위의 요구 사항 등을 들 수 있다. 이러한 것들은 끊임없이 코치이가 코칭에 열중할 수 없게 하며, 그 진행을 어렵게 하면서도 결과를 낙관할 수 없게 한다. 그래서 코치이가 코칭을 받을 동기도 상실하게 하며 삶에 대한 에너지도 고갈시키므로 변화에 대한 의욕도 감소한다.

다른 하나는 코치이 자신이 가진 내적인 것인데, 가장 큰 문제는 옛 습관을 들 수 있다. 이것은 코칭에 행동 변화가 수반되어야 함에도 그렇지 못하게 하며, 새로운 변화에 저항하는 가장 큰 장애물이다. 또한, 열등의식이나 부정적인 마음은 더 행동하지 못하게 하며, 주인 의식 없는 의존적 태도는 코칭을 포기까지 하게 만든다. 더구나 다른 사람의 견해에 대한 두려움이나 초조함은 가족과 이웃, 그리고 직장 동료 등으로부터 지원과 격려를 얻지 못하게 하며 자존심을 더욱 낮게 만들므로 변화의 가능성마저 부인하게 한다.

이런 장애물들을 당신이 처리해야 하는 이유는 코칭의 발전을 위해서도 필요하지만, 더 크나큰 이유는 변화 이전의 삶이 코치이에게 자리를 잡는 근거가 되기 때문이다. 장애물이 고착되면 코치이의 삶은 더는 변화를 일으키지도 않을뿐더러 변화를 추구하려고 하지도 않게 된다. 오히려 과거에 안주하려는 삶에 정당성을 부여하고 소심했던 사람이라면 더욱 폐쇄적인 성격이 될 위험이 있다. 따라서 당신은 이 문제에 대해서 전문가적 실력을 보여야 한다. 이전부터 이런 문제를 처리하는 데에 자주 사용하는 방법 몇 가지가 있다.

하나는 목표에 대한 더 확고한 인식이다. 사람들이 과거를 회고하고 새 출발한 발걸음을 다시 출발 전의 상황으로 원위치시키고자 하는 원인은 목적지가 불분명한 데에 있다. 물론 이런 일은 현실적으로 움직임이 불편한 상황이 연출되든지, 사전에 예기치 못한 복병 Gremlin에 당황하거나 새로운 변화에 적응하지 못해서 일어날 수도 있다. 그러나 더 중요한 것은 도달해야 할 목표가 잘 보이지 않거나 애초에 세웠던 목표가 유효하지 않다고 느낄 때에 더욱 그러한 행동을 취한다. 따라서 코처는 목표 세우기를 확실히 하고 목표에 도달하는 중간 점검 다리들도 전략적으로 배치하여서, 코치이 자신이 발걸음을 진행할 때마다 목표에 가까워지고 있다는 것을 항상 느낄 수 있도록 해야 할 것이다.

둘은 효과적인 처리 방법을 선택해야 한다. 일반적으로 상식적인 사람들은 철조망이 있으면 그것과 주위 사정을 살펴 넘어가거나 아니면 밑으로 기어서 갈 것이다. 그런 방법도 안 되는 경우라면 폭파하거나 우회해야할 것이다. 장애물 문제에도 그 처리 방법을 심사숙고할 필요가 있다. 정면 돌파의 방법을 택할 수도 있고 우회하는 방법도 있을 수 있으며, 조그

마한 상처를 감내하고 진행할 수도 있고 안전을 위주로 완만한 진행을 위해 서행하는 방법도 있을 것이다. 그러나 막연히 시간을 보내서 장애물로 말미암은 상처가 아물기만을 기대해서는 안 된다. 코칭에서 헌신하지 않고는 전진할 수가 없으며, 전진하지 않고는 목표에 도달할 수가 없다. 따라서 당신은 다양한 공략 방법을 생각하고 효과적인 처리 방법을 코치이와 더불어 선택해야 할 것이다.

셋은 효율적인 공략을 감행해야 한다. 모든 것에는 아킬레스건이 있다. 장애물에도 약점이 있는 법이다. 그래서 반대로 보면 코치이가 그 문제를 효율적으로 상대할 수 있도록 코칭해야 한다. 이 말은 코치이가 변화하기 쉬운 쪽으로 당신이 장애물을 끌어들여야 한다는 것이다. 코치이가 부담을 덜고 행동 변화에 몰두할 수 있는 방향이 어느 쪽인지를 알고 전략을 짜야 한다는 것이다. 코칭의 사안에 따라서 컴퓨터로 비유한다면 재부팅 reset이 좋을 수도, 포맷 format이 더 나은 대안일 수도 있다. 또한, 코치이의 행동 변화가 그의 신념이나 가치를 변화시키면 더 쉽게 일어날 수도 있으며, 코치이의 행동을 강조하고 주위에서 실천하게 하여 그가 가지고 있었던 잘못된 편견이나 부정적인 생각도 달라질 수 있다.

넷은 인내를 가지고 기다리자. 인간은 평생에 걸쳐서 변화하는 존재이다. 자신의 완고한 고집으로 눈에 흙이 들어가기 전에는 용납하지 못할 것도 받아들일 수 있는 것이 사람이다. 왜냐하면, 사람이란 사람 사이에서 살아갈 수밖에 없는 존재이기 때문이다. 사람이 다른 사람을 만나면 그에게 영향을 주든지 받든지 하게 되어 있다. 그래서 같이 공존하는 삶을 살려면 사람은 적응하는 변화를 해야 한다. 코치이에게도 정도에 차이가 있을 뿐이지 변화는 일어나는 법이다. 바쁜 현대인에게 여유라는 것이 어울리지 않는 사치일 수 있지만, 당신은 코치이에게 시간을 더 주는 방향으로 코칭 세션을 조절할 수가 있다. 결단코 코치이가 코칭을 포기할 수는 있어도 당신은 코치이를 포기해서는 안 된다.

다섯은 저항을 사전에 예견해 보자. 이 방법은 장애물을 처리하는 데에 큰 효과가 없을지 모른다. 그러나 당신이 코칭에 들어갈 때에 그리고 목표를 향해 전진할 때에 예견할 수 있는 저항이 있다는 사실을 미리 인지시킨다면 막상 장애에 부딪혔을 때에 그 충격을 완화할 수가 있다. 당신은 코치이에게 행동에 따른 결과 목표 달성를 말하면서 현재에 경험하는 저항이나 앞으로 겪게 될 것들을 예측해 보도록 할 수 있다. 그리고 그러한 저항이 그 혼자뿐 아니라 코칭을 통해 원하는 것을 얻으려는 사람들이 거의 다 경험하였던 일이며, 지금도 보고되는 일이라고 말하는 것으로 장애에 대한 충격을 완화할 수 있을 것이다.

▪▪▪특별한 행동

국가에서도 정상적인 국정 운영이 어렵다고 판단하면 비상계엄을 통해서 혼란한 민심을 수습하고 통치 질서가 자리 잡히기까지 한정적인 긴급 행동을 한다. 이처럼 통상적인 코칭 진행이 어렵다고 생각할 때에 당신은 특별한 간섭을 통해서 코칭 세션이 원래의 목적대로 진행될 수 있도록 해야 한다. 이때의 간섭은 어떤 의미에서는 직접적인 코치이에 대한 충고일 수도 있지만, 코칭의 특성상 코치이에게 더 적극적으로 코칭에 임하게 하는 것이어야 한다.

그것을 코칭에서는 권한 강화 Empowerment라고 하는 것으로, 코치이에게 힘을 더 실어 주는 것을 말한다. 가장 간단한 권한 강화의 스킬은 피드백을 더욱 세밀하게 하거나 강조하는 것으로 나타난다. 특히 피드백의 질문에서 왜 Why라고 묻지를 않고 어떻게 How라고 다시 물어보는 것이다. 즉, 이유를 말하는 것이 아니라 코칭을 효과적으로 하려면 어떤 방법이 더 좋을 것인가를 묻는 것, 그리고 그렇게 하려면 코처가 도울 것이 무엇인지를 상의하는 것이 부득이한 상황에서 코처가 해야 할 행동이다.

5장

성격 진단 방법

How to
the Character
Diagnosis

MBTI

▪▪▪MBTI의 역사

MBTI Myers-Briggs Type Indicator는 -개발자의 이름을 따라 마이어스-브릭스 심리 유형 검사라고 한다. - 사람을 관찰하는 특별한 취미를 가진 캐서린 쿡 브릭스 Katharine Cook Briggs라는 미국의 한 평범한 주부에게서 시작되었다. 자신의 이웃과 친척, 유명한 인물들의 자서전을 통해 사람들의 독특한 행동 패턴을 관찰하던 브릭스는 모두 달라 보이는 사람들의 성격과 행동들이 사실은 몇 가지 유형으로 구분될 수 있다는 재미있는 사실을 발견하고, 이를 좀 더 정교한 검사를 통한 본격적인 연구를 시작하였다.

그러던 1921년 어느 날 우연히 도서관에서 스위스의 저명한 정신의학자 칼 구스타프 융의 『심리 유형 이론』이란 책을 발견하였고, 자신이 만들고자 하는 검사 도구가 이 이론의 중요한 경험적 검증 도구가 되겠다고 생각하였다. 그래서 이를 기초로 더 체계적이고 과학적인 성격 유형 검사 연구에 몰두하였다. 딸인 이사벨 마이어스 Isabel Briggs Myers는 연구하는 어머니 밑에서 자연스럽게 MBTI에 관심을 가지면서 어머니의 뒤를 이어 MBTI를 더욱 체계적으로 연구했고, 마침내 다양한 시행착오 끝에 1962년 인간의 성격 유형을 16가지로 분류한 MBTI가 세상에 선을 보이게 되었다.

MBTI는 발표되자마자 그 독특한 탄생으로 말미암아 세간의 집중적인 관심을 받았다. 무엇보다 세대를 이어 근 70년간이나 진행된 풍부한 사례 연구로 그 타당성이 매우 높을뿐만 아니라 계속적인 시행착오를 거쳐 더 정교한 도구로 다듬어져 왔다는 점에서 높은 평가를 받았다. MBTI가 한국에 소개된 것은 1987년 서강대학교의 김정택 신부와 부산대학교의 심혜숙 수녀가 공동으로 미국 Consulting Psychologist Press의 허가를 받아 MBTI 한국어판의 표준화 작업을 시작해 1990년 이를 발표하면서부터다. 한국에 소개된 이후 심리, 상담, 교육, 문화, 경영 등 광범한 분야의 일꾼들로부터 사랑과 관심을 받았다.

┄┄융의 심리 유형 이론

칼 구스타프 융 Carl Gustav Jung, 1875~1961은 원래 프로이트 학파의 촉망받는 후계자였다. 그러나 융은 프로이트와의 학문적 견해 차이로 그와 결별을 선언한다. 그리고 자신과 프로이트가 왜 견해 차이를 보였는지를 과학적으로 분석, 설명하는 과정에서 '심리 유형 이론' 을 얻게 되었다. 이는 마치 인간의 외모가 유전자에 의해 이미 결정돼 있듯이 인간의 성격도 이미 잠재적으로 결정돼 있어서 이에 따라 사람들의 사고 패턴, 가치관, 행동양식과 생활양식이 모두 달라진다는 것이다.

그는 인간 심리의 에너지 방향과 정보를 처리하는 인간 정신의 기능이라는 두 가지 주요한 개념으로 자신의 이론을 독특하게 전개하였다. 인간

심리 에너지의 흐르는 방향에 따라 성격이 나뉘는데, 외부로 흐르면 외향적 성격이며 내부로 흐르면 내향적 성격으로 보았다. 그리고 세상의 정보를 수집하고 인식 기능 이를 근거로 판단하는 판단 기능 정신의 기능 중 무엇을 선호하느냐에 따라 감각/ 직관, 감정/ 사고형의 각각 다른 유형으로 분류할 수 있다고 보았다.

융은 각 개인이 어떠한 에너지 방향과 정신 기능을 가졌느냐는 이미 결정돼 있으며, 민족과 문화의 차이를 뛰어넘어 인간에게 본질적인 것이라고 믿었다. 또, 그는 이러한 에너지의 방향과 정신 기능의 움직임에 따라 외향적 사고형, 내향적 사고형, 외향적 감정형, 내향적 감정형, 외향적 감각형, 내향적 감각형, 외향적 직관형, 내향적 직관형의 8가지 심리 유형을 구분해 놓았다.

●●●MBTI의 네 가지 선호 지표

위와 같은 융의 심리 유형 이론에 근거한 MBTI는 근본적으로 융이 말한 두 가지의 개념, 즉, 에너지의 방향과 두 가지 정신 기능인 인식 기능, 판단 기능에 그 틀을 두고 있으며 여기에다 인식 기능을 선호하느냐, 판단 기능을 선호하느냐에 따라 개인의 생활 태도가 달라진다는 점을 덧붙여 4가지의 선호 지표를 설정하였다.

다시 말하면, 에너지의 방향이 어디이냐에 따라 외향과 내향, 세상의 정보를 감각적으로 인식하는가 아니면 직관적으로 인식하느냐에 따라 감각과 직관, 인식된 정보를 결론짓고 판단할 때 무엇을 선호하는가에 따라 사고와 감정, 행동 양식이 어떤 기능을 선호하느냐에 따라 판단과 인식으로 나누며, 이들 4가지 지표의 조합으로 16가지의 성격 유형이 도출된다.

""16가지 성격 유형

— ISTJ 내향성 감각형

━ 주기능 감각, 부기능 사고, 삼차 기능 감정, 열등 기능 직관

【 장점과 일반적인 특징 】

　매우 믿을 수 있는 사람으로, 철저하고 건실하고 체계적이며 열심히 하고 세부적인 사항과 절차에 세심하다. 이들의 인내력은 연관된 모든 사람을 안정시킨다. 이들은 충동적으로 무슨 일에 뛰어들지는 않으나, 한번 시작하면 좀처럼 중단하거나 단념하지 않는다. 절약형이다. 요란하고 화려한 것을 싫어하고 정갈하고 정돈된 가정과 작업 환경을 좋아한다. 반복적인 일을 싫증 내지 않고 무던하게 잘 처리한다. 누가 보든 안보든 주어진 일은 철저하게 잘 처리해 나간다. 계획을 세우거나 뒷정리를 잘 한다.

　신중하고 책임감이 강하며 실제적인 사실을 정확하고 체계적으로 기억을 잘한다. 집중력이 높고 현실 감각이 뛰어나다. 실질적이고 조직적으로 일을 처리하고 요구하는 그 이상으로 일을 생각한다. 웬만한 위기상황에서도 침착하게 보이며 충동적으로 일을 처리하지 않고 일관성 있고 보수적인 방식으로 일을 처리하는 편이다. 반복적이고 일상적인 일에 대한 인

내심이 강하다. 실무적인 면에서 맺고 끊는 것이 분명하다. 오래된 직장이 적격이며 한마디로 '신뢰할 수 있는 사람'이다. 한번 약속을 하면 기필코 지킨다. 때로는 아주 냉랭하게 보이는데 그것은 이들이 세상의 비평에 절대로 기죽지 않기 때문이다.

【 대인관계와 의사소통 】

가족이나 친구 관계에서 신뢰할 수 있고 헌신적이다. 집안의 기둥 역할을 한다. 그가 어떤 사람인지 파악하는 데 상당한 기간이 걸린다. 외면적으론 차분하게 보인다. 다른 사람들도 자신과 같이 논리적이고 판단력이 좋다고 생각하기 쉽다. 그래서 사람들에게 적절하지 못한 판단을 내려 버리거나 자신과 타인의 감정이나 기분을 무시하는 위험성을 갖게 된다. 자신과 타인의 감정이나 직관적인 판단에 더 관심이 있을 필요가 있다. 부모나 선생에게 공손하고 결과적으로 그들을 즐겁게 해준다. 대인관계에서 마치 부모-자식 관계와 같은 인간관계를 맺기 쉽다. 부모와 같은 입장에서 다른 사람까지 책임지려는 경향이 있어서 때로는 아주 무책임한 사람하고 결혼할 수가 있다. 자기 주변의 중요한 사람들이 때로 변덕스럽고 이기심 많은 것은 용서하지만 자신이 그러한 것은 용납하지 않는다. 배우자에게 성실하고 약속은 꼭 지킨다. 자식이나 배우자에게 의무감으로 평생토록 충실하게 책임을 지고 살아간다.

【 주의하고 개발해야 할 점 】

일상적인 일을 중요하게 여기고, 세밀하고 현재 주어진 일에 몰두하는 경향이 있어서 그 일의 장기적인 의미를 잊기 쉽다. 자기 생각이나 방식을 고집하기 때문에 다른 변화나 가능성에도 마음을 열어 놓을 필요가 있다. 지나치게 자신이 책임지려 하며, 자기 역할이 요구하는 이상으로 심각하게 일을 하는 경향이 있다. 대인관계의 섬세함을 무시하기 쉬우므로 자신과 타인의 감정에 민감해질 필요가 있다. 정서 표현에 노력할 필요가 있으며 자신과 타인에 대하여 인간적으로 배려할 필요가 있다.

— ISTP 내향성 사고형
— 주기능 사고, 부기능 감각, 삼차 기능 직관, 열등 기능 감정

【 장점과 일반적인 특징 】

이들은 조용하고 말이 없으며 논리적이고 분석적이고 객관적으로 인생을 관찰하는 형이다. 일과 관계되지 않은 이상 어떤 상황이나 사람들 일에 직접 뛰어들지 않는 경향이 있다. 필요 이상 자신을 개방하지 않으며, 가까운 친구들 외에는 대체로 사람들과 사귀지 않는 편이다. 자신의 관심 분야에는 외부 상황을 잊어버릴 정도로 종종 깊이 몰두한다. 운동이나 취미 활동을 좋아한다. 충동적이고 활동 그 자체가 목적이다. 목적보다는 충동 그 자체에서 생겨난 행동이 이들에게는 더 신나는 일이다. 이들은 다음 단계의 행동이 자유로운 자기 일을 해야 한다. 다음 단계의 일을 능숙하게 해내는 능력이 있고 또 이것을 자랑스럽게 여긴다. 겁내지 않고 다른 유형보다 특히 모험을 잘하고 그 때문에 자주 다치기도 한다. 일상생활에 매우 적응력이 강하다. 논리적이고 분석적이며, 객관적인 사실에 근거해서 결

론을 내린 것 이외에는 어떤 것에 의해서도 확신을 하지 않는 경향이 있다. 현실 감각이 뛰어나고 임기응변에 강하다. 노력을 절약하는 능력이 뛰어나서, 일을 하는데 안달하거나 노력을 낭비함이 없이 상황이 요구하는 것을 정확히 해낼 수 있다. 그러나 때론 지나치게 편한 것을 노리고 노력을 들이지 않는 경향이 있다. 뛰어난 현실 감각, 시간 포착, 긴급한 상황에 대비하는 뛰어난 감각으로 위기를 잘 극복하기도 한다. 주위의 분쟁에 신속하게 대응한다. 계급이나 권위에 대해 평등해야 한다는 견해가 있으며 맹렬히 반항하기도 한다. 다른 유형들보다도 도구로 연기를 할 정도로 도구 사용을 잘한다.

【 대인관계와 의사소통 】

열정적이지만 조용하고 호기심이 많으며, 사람을 사귈 때 친한 친구들을 제외하고는 수줍어하는 편이다. 사고 능력이 뛰어나기는 하지만 잘 표현을 하지 않는다. 그러나 자신들이 흥미를 느끼는 분야는 놀랄 만큼 이야기를 잘한다.

【 주의하고 개발해야 할 점 】

노력을 절약하는 것이 ISTP의 특징 중 하나다. 따라서, 열성과 적극성을 키울 줄 알아야 한다. 일을 미루거나 결말을 짓지 않는 일이 많다. 따라서 인내심을 키워야 한다. 결정하기 전에 모든 측면을 숙고하고 고려할 시간 여유를 가질 필요가 있다. 목표와 계획을 세우고 바라던 결과 성취에 필요한 노력을 기울일 필요가 있다. 앞으로 달려나가기 전에 실질적이고 상황적인 사용 가능한 주변의 자원들을 검토할 필요가 있다. 느낌이나 감정, 타인에게 고마운 마음을 표현하기 어려워한다. 그러므로 자신의 마음속에 있는 느낌이나 생각들을 털어 놓고 다른 사람과 나누는 노력이 필요하다.

━ ESTP 외향성 감각형
━ 주기능 감각, 부기능 사고, 삼차 기능 감정, 열등 기능 직관

【 장점과 일반적인 특징 】

외향 감각 사고 인식형은 자신에게 일어나는 경험들에 개방적이어서 사물이나 사건이나 사람에게 선입견이나 편견으로 대하지 않고 있는 그대로 받아들이기를 잘한다. 위험도 기꺼이 잘 받아들인다. 돌발적인 분쟁 상황에 유연하게 잘 대처하고, 분쟁 해결사 역할을 잘한다. 관대하고 느긋하며 우호적이고 관용적이어서 적응을 잘한다. 일이 진전되도록 협상하고 타협점을 잘 찾는다. "반드시" "꼭" 무엇을 해야 한다는 조바심이 없고 특별한 규범이나 법칙에 얽매이기보다는 현재 상황에 맞추어 가며 사물, 경치, 활동, 음식, 사람 등 그들의 감각에 새로운 것은 무엇이나 호기심이 많으며 삶을 즐기는 형이다. 현재 상황, 현재의 순간에 무엇이 필요한지 잘 감지하며 많은 사람을 쉽게 기억하고, 예술적인 멋과 판단력을 가지고 있으며 연장이나 재료들을 다루는데 능하다. 타고난 재치와 사교 능력이 있다. 인생을 즐기는 편이어서 사귀면 재미있고 지루한 것을 모른다. 공부나 독서보다는 직접적인 체험을 통해 더 많이 배운다.

【 대인관계와 의사소통 】

　타인의 의도나 동기를 추리해 내는 데 귀신같은 재주가 있고, 말로 표현할 수 없는 미세한 실마리에도 뛰어난 감지력이 있는데 이는 다른 유형에는 거의 없는 것이다. 눈은 항상 상대방의 눈을 주시하고 행동 또한 상대방을 중심으로 움직인다. 재치 있고 영리하며 사람들에게 재미와 웃음을 끊임없이 선사한다. 반면에 불안이나 근심을 받아들이는 수용력은 약해서 인간관계에서 생기는 끊임없는 긴장 상황은 피하고 멀리한다. 항상 인기 있고 수많은 사람을 알고 지내지만, 대체로 마음 깊이 사람들과 사귀는 편은 아니다.

【 주의하고 개발해야 할 점 】

　신속하게 행동해야 할 때 남에게 둔감하고 무감각하게 보이므로 다른 사람의 감정이나 마음을 보살필 필요가 있다. 끈기와 인내, 분투하고 노력하며 좀 악착스러운 면이 필요하다. 즉흥적인 행동에만 치우쳐 사전 계획 없이 바로 문제에 뛰어드는 경향이 있다. 판단 기능을 계발하지 않으면 즐기는 것으로 끝날 위험이 있다. 물질적인 것에 집착을 잘하기 때문에 그와는 다른 즐거움도 알아야 한다. 자칫 정신적인 면을 등한시하기 쉽다. 자기 신념 등이 모자라기 쉽다. 일 벌이기를 잘하므로 마무리 짓는 습관도 길러야 한다. 책임감을 더 키우는 것이 좋다.

— **ESTJ** 외향성 사고형

— 주기능 사고, 부기능 감각, 삼차 기능 직관, 열등 기능 감정

【 장점과 일반적인 특징 】

일을 잘 처리하는 것이 이들의 최대 강점이다. 이 외향적 사고형은 처음 일을 만들고 계획하고 추진하는 데 뛰어난 능력이 있다. 현실적이고 사실 적이고 체계적이고 논리적이어서, 일이나 자신이 속해 있는 집단을 잘 이 끌어 간다. 분명한 규칙과 규범을 중시하고 여기에 따라 행동하고 일을 추 진하며 마무리하고자 한다. 어떤 계획이나 결정을 내릴 때 확고한 사실과 정보에 바탕을 두고 움직인다. 미래의 가능성보다는 현재의 사실을 더 중 시한다. 따라서 일의 결과도 대체로 즉각적이고 분명하며 현재 눈에 보이 는 것이어야 만족한다. 실용적이고 실제적이고 현실적이어서 현재 이곳에 서 필요한 일에 관심을 둔다. 따라서 사업, 산업, 생산, 건축 등이 이 유형 에 어울리는 직업이다. 고집이 있지만 합리적으로 판단하여 아니라고 생 각하면 금방 바꾼다. 가치관이 보수적이고 상하 질서나 체제를 중시한다. 화끈하고 솔직하며 뒤끝이 없다.

【 대인관계와 의사소통 】

자신이 속한 단체에 꾸준히 참여하고 대화하며, 시간을 잘 지키고 다른 사람들도 그러리라고 기대한다. 다른 사람의 입장과 기분에 잘 대응하지 못하는 경우가 있으며, 결론에 너무 쉽게 도달할 수가 있다. 자신과 반대 의 의견을 끝까지 경청하려고 하지 않기 때문에 윗사람의 역할에 있을 때

좌절하기 쉽다. 자신을 전적으로 믿는 사람들의 조언에 항상 귀를 기울여야 하는 특별한 노력이 필요하다. 쉬는 것과 일하는 것 모두에서 깨끗하고 질서를 잘 지킨다. 전통과 예절에 맞춰서 사람들에게 대함으로써 조화롭게 지내고 만족한다. 친구를 만나는 것을 좋아하고 여러 모임에서 책임 있는 역할을 기꺼이 맡는다. 믿을 수 있고 행동에 일관성이 있으며, 남에게 보이는 모습 그대로다.

【 주의하고 개발해야 할 점 】

다른 사람들의 관점이나 생각을 중시해야 한다. 외향적 감각형이어서 현재 외부 세계의 정보 수집에만 관심이 있기 때문에 새로운 변화의 시도, 추상적인 측면도 고려할 필요가 있다. 비논리적이거나 모순된 점을 발견하는 데에는 천부적이지만, 상대방을 인정하고 칭찬하는 데에는 인색하다. 지나치게 일 중심으로 나가다가 다른 사람의 감정이나 마음을 헤아리지 못해 실수를 범하지 않도록 조심해야 한다. 자신의 감정이나 가치관이 너무 오랫동안 무시되었을 때 감정이 폭발할 수 있다.

— ISFJ 내향성 감각형
— 주기능 감각, 부기능 감정, 삼차 기능 사고, 열등 기능 직관

【 장점과 일반적인 특징 】

내향적 감각형은 책임감이 강하고 온정적이고 헌신적이다. 현실적이고 실용적이며 꼼꼼하여 치밀함과 반복을 요구하는 일에 능하다. 침착하고

인내심이 많아 가정이나 집단에서 안정감을 느끼게 한다. 일 처리에서도 현실 감각을 드러내며 실제적이고 조직적으로 잘 처리해 나간다. 경험을 통해 틀렸다는 사실을 발견하기 전까지는 꾸준하게 밀고 나간다. 많은 사실을 기억하고 만사가 정확하고 분명하기를 바라며, 위기 상황에도 차분하고 안정되어 있다. 인간에게 따뜻한 정이 있다. 친절하고 동정심이 많고 남을 진심으로 걱정한다. 먼저 일부터 하고 쉰다. 자신의 물건들을 소중히 한다. 청결한 환경을 유지한다.

【 대인관계와 의사소통 】

전적으로 신뢰할 수 있는 사람이다. 상사에게 충성하고 조직보다 개인을 더 의식한다. 상사를 비롯하여 다른 사람을 존중하고 절차를 따르며, 타인들이 자신의 예상대로 행동하지 않으면 괴로워하고 당황한다. 배우자와 가족에게 헌신하며 대개는 훌륭한 가정으로 꾸려나간다. 잘난 체하는 것을 싫어하고, 겸손하고 조용한 친구를 좋아한다. 의사소통에서 솔직하고 핵심적이며, 실례나 보기를 사용한다.

【 주의하고 개발해야 할 점 】

주체성과 독단성이 좀 필요하다. 지시하는 역할에도 좀 익숙해지도록 해야 한다. 남에게 자기 견해를 발표할 때 확신이 없는 것처럼 보인다. 조용하고 표면에 나서지 않기 때문에 실제보다 낮게 평가되기 쉽다. 상황이나 남의 요청을 들어주기 전에 충분한 생각, 판단 그리고 비판이 필요하다. 자신의 능력이나 성과를 남에게 알리고 눈에 띄도록 할 필요가 있다.

― ISFP 내향성 감정형

― 주기능 감정, 부기능 감각, 삼차 기능 직관, 열등 기능 사고

【 장점과 일반적인 특징 】

마음이 따뜻하고 온정적인 사람이다. 따뜻함을 말보다는 행동으로 나타내며 조용하고 신중하다. "양털 안감을 속에 넣은 코트처럼 속마음이 따뜻한" 사람이다. 그러나 상대방을 잘 알기 전까지는 이것을 잘 드러내지 않는다. 16가지 성격 유형 중 가장 겸손한 유형이다. 자기 주관이나 가치를 타인에게 강요하지 않으며, 개방적이고 적응력이 높고 관대하며, 삶을 즐기는 형이다. 조용하고 수줍음이 많다. 그들이 중시하는 것은 감각을 통해 알게 되는 현실이다. 자연, 사물 그리고 예술 등을 감상하는 능력과 식별력이 뛰어나며 자연과 동물을 사랑한다. 동물 애호가가 많고 유난히 동물과 쉽게 친해진다. 자연적인 것, 전원적인 것을 선천적으로 갈구한다. 목표를 설정하여 그것에 도달하고자 안달하는 일이 없고 여유가 많다. 어떠한 경우에도 가능한 한 품위 있게 현재를 즐기며 생활하고자 한다. 어떤 실질적인 대가보다는 인간을 이해하고 상대방의 건강이나 기쁨에 공헌하는 일에 관심이 많다. 자신을 내세우지 않는다. 자기 자랑이 없다. 잘 순응하며 모가 나지 않은 사람이다. 남이 무엇을 시키면 거절할 줄 모른다. 남에게 비판적인 말을 못해 혼자서 마음이 잘 상한다. 끊고 맺는 것을 어려워한다. 어떤 목적을 향해 연습하기보다는 지금 진행되는 것에 잘 사로잡히고 몰두한다. 모든 유형 중에서 가장 예술적인 기질이 있다. 색깔, 선, 명암, 동작, 보고 듣는 것 등에 뛰어나다.

【 대인관계와 의사소통 】

점잖고 이해심 많고 불행한 사람에게 동정적이다. 다른 사람이 요구하는 것에 관심을 많이 기울인다. 조용하고 겸손하며 수줍어하는 모습이 대화로 나타난다. 나서기를 꺼리나 일단 나서면 "무대 체질"을 발휘한다. 말이 적고 인정 많은 동료를 좋아한다. 대화에서 품위 있고 유머를 즐긴다. 인간관계를 유지하고자 하는 욕구가 강하다. 혼자서 추구하는 것을 즐긴다.

【 주의하고 개발할 점 】

자기주장이 너무 없다. 동조를 잘하여 다 옳은 것 같고 판단력이 부족하다. 자기 능력을 드러낼 줄 알아야 하고, 자기주장을 내세울 줄 알아야 하며, 상대방에게 부정적인 아픈 말도 해줄 줄 알아야 한다. 분석적 비판적 사고가 필요하다. 미래지향적 전망을 일깨울 필요가 있다. 남에게 잘 속고, 물건 값을 깎을 줄 모르고, 남을 비판하지 못한다. 너무 쉽게 마음이 상해서 뒤로 물러나기 쉽다.

— **ESFP** 외향성 감각형

— 주기능 감각, 부기능 감정, 삼차 기능 사고, 열등 기능 직관

【 장점과 일반적인 특징 】

친절하고 수용적이며 현실적이고 실제적이다. 어떤 상황에서든 잘 순응하며 타협적이다. 선입견이나 편견이 없고 개방적·관용적이며 사람들에게 너그럽고 관대하다. 일이나 사람에 호기심이 많고 다른 사람의 말에 잘

끼어들고 참견을 잘한다. 이론이나 책을 통해 배우기보다 경험이나 실생활을 통해 배우는 것을 좋아한다. 추상적 관념이나 이론보다 구체적 사실들을 잘 기억한다. 논리적 분석보다 인간 중심의 가치에 따라 의사 결정을 한다. 따라서 동정적이고 사람들에게 관심이 많고 재치가 있고 영리하다. 사람들을 만나고 다루는 일에 능하다. 어떤 기준이나 규범을 좇기보다는 상황이 되어 가는 대로 따라 사는 편이다. "반드시" "꼭" 등의 조건에 쫓기는 일이 없다. 따라서 일의 추진력이 모자라고 마감 시간을 놓치기 쉽다. 이들 앞에는 어려운 문제란 별로 용납되지 않는다. "공동묘지도 휘파람을 불며 걸어가는" 태도로 자신의 불행과 괴로움을 문제로 받아들이는 것을 거부한다.

【 대인관계와 의사소통 】

솔직한 대화를 좋아한다. 홀로 있기를 피하고, 언제든지 남과 함께하고자 한다. 손쉽게 친구를 사귀고, 사람들은 대개 이들과 함께 있으면 기분이 좋다. 그들 자신의 것은 모두 남의 것이며, 남의 것은 그들의 것이 아니다. 대가를 바라지 않고 무슨 도움이든지 주고자 한다. 유혹에 빠지기 쉽고 남의 요구에 쉽게 굴복하는 경향이 있다. 말을 아주 잘하고 넘치는 재담에 기지가 있어 사람을 즐겁게 한다. 의복, 음식, 신체적 편안함, 행복한 시간 등 어디를 가도 '먹고 마시고 즐거워하는 분위기'를 만든다.

【 주의하고 개발해야 할 점 】

논리적 · 분석적 사고를 계발할 필요가 있으며, 시작한 일을 마무리하는 습관을 길러야 한다. 시간을 관리할 줄 알고 일을 시작하기 전에 계획하는 습관을 길러야 한다. 일과 오락을 구별할 줄 알아야 한다. 뛰어들기 전에 먼저 심사숙고할 필요가 있다. 질병이나 고통에 인내심이 모자라고 피하려고 한다. 가능한 한 상황의 어두운 측면을 회피하는 것으로 불안을 털어내고자 한다.

— ESFJ 외향성 감정형
— 주기능 감정, 부기능 감각, 삼차 기능 직관, 일등 기능 사고

【 장점과 일반적인 특징 】

동정심이 많고 동료애가 높다. 자기 주변 사람들에게 관심이 많고 우호적이고 지지적이며 화목과 친목을 중시한다. 양심적이고 정리정돈을 잘하며, 참을성이 많고 사람들을 잘 돕는다. 주위 사람들이 인정하고 지지할 때 기쁨과 만족을 느낀다. 자신의 판단보다 주위 사람의 인정이 더 중요하다. 다른 사람들의 의견에서 가치를 발견하는 데 재능이 있다. 동조를 너무 잘한다. 일상적인 일에 잘 적응하고 현실적이고 실제적이며 물질적 소유를 즐긴다.

【 대인관계와 의사소통 】

조화로운 인간관계가 이들에겐 매우 중요하다. 이들의 기쁨과 만족의 대부분은 주위 사람들의 따뜻한 마음에서 나온다. 따라서 다른 사람들이 자신들을 좋아하고 존경할 만한 자질에 관심을 기울이는 경향이 있다. 동

료의 생활상 일과 문제점들을 잘 알고 있으며 상담하는 것을 좋아한다. 비판력 없이 다른 사람들의 의견에 동조하고 집착하는 경향이 있다. 보통 부모를 존경하고, 성장기에는 유순하고 복종하는 편이다. 상황에 맞는 감정 표현을 잘한다.

【 주의하고 개발할 점 】

남을 즐겁게 하는 데 신경을 많이 쓰기 때문에 자기 일에 소홀하기 쉽다. 일이나 인간관계에 있어 냉철해질 필요가 있다. 남이 비판적으로 대할 때 마음의 상처를 입기 쉽다. 속단하는 경향이 있고, "이렇게 해야 한다"는 마음의 규칙이 많다. 특히 일이나 사람들 문제에 냉철해지는 것을 어려워한다. 반대 의견에 부딪혔을 때나 자신의 요구가 거절당했을 때 마음의 상처를 쉽게 받는 경향이 있으므로 객관성을 키울 필요가 있다.

— **INFJ** 내향성 직관형
— 주기능 직관, 부기능 감정, 삼차 기능 사고, 열등 기능 감각

【 장점과 일반적인 특징 】

창의력과 통찰력이 뛰어난 사람이다. 직관력이 풍부해 뛰어난 영감으로 타인에게 영향력을 행사한다. 독창성이 풍부하고 독립심이 강하며, 확고한 신념과 뚜렷한 원칙을 가지고 산다. 공통의 이익에 헌신하고 인화와 동료애를 중시한다. 따라서 존경하며 따르는 사람이 많다. 가능성을 중요시하며 자신의 가치관을 중심으로 생각하고 결정한다. 다른 사람의 복지에

이바지하고 동료를 돕는 일에 대한 욕구가 크며 중후한 인격과 깊이가 있다. 스스로 갈등이 많은 한편 복잡한 문제나 인간관계를 이해하고 다룰 수 있다. 다른 사람을 이해하고 공감하는 능력이 탁월하며, 다른 사람의 의도나 정서를 그가 알기 전에 파악할 수 있다. 직감적으로 타인의 선악을 감지한다. 이들의 심중은 다른 사람들이 알아내기 어렵다. 이들은 매우 풍부한 내적인 생활을 소유하고 있고, 내성적이다. 초능력 현상이 다른 유형보다 이들에게 많다. 유행에 매우 둔감하다. 자기 내면의 세계를 중시하기에 현실과 멀어지기 쉽다. 인간이 사는 목적 같은 것에 대한 정신적인 추구가 강하다.

【 대인관계와 의사소통 】

타인을 기쁘게 하는 것을 좋아하며 어떠한 경우에도 노력을 다한다. 갈등 상황을 싫어하고 파괴적이라고 생각하며, 인간관계의 조화를 위해 타인에 동의하는 쪽을 택하기도 한다. 다른 사람의 말에 깊이 귀를 기울이고 기꺼이 상의하고 협조한다. 홍보, 교섭에도 탁월하며 동료와의 관계에도 유대가 강하다. 그러나 너무 심한 비평에는 좌절하며 비교적 쉽게 마음을 상한다. 타인의 칭찬을 좋아하고 또한 칭찬을 활용하여 타인에게 동기를 불어넣는다. 친구 수는 적으나 깊고 오래간다.

【 주의하고 개발할 점 】

이상과 현실 사이에서의 괴리 때문에 갈등을 느끼기 쉽다. 현실적 안목을 키울 필요가 있다. 이상과 현실을 조화시켜 현재를 즐기려는 노력이 필요하다. 외곬으로 빠지는 경향을 조심해야 한다. 직관을 통해 통찰한 내용을 현실에 옮길 수 있는 방법을 찾아야 한다. 남에게 강요하지 못하고 비판에 정면으로 대결하지 못하며, 너무 지나치게 자신에게 의존한다.

— INFP 내향성 감정형

— 주기능 감정, 부기능 직관, 삼차 기능 감각, 열등 기능 사고

【 장점과 일반적인 특징 】

마음이 따뜻한 사람이나 상대방을 잘 알기 전까지는 잘 표현하지 않는다. 조용하고 자신과 관련된 사람이나 일에 책임감이 강하고 자신이 추구하는 이상에 대해서는 뜨겁고 정열적인 신념을 지녔다. 늘 무엇인가 갈구한다. 이상과 현실 사이에서 벽을 느껴 상처받기 쉽다. 자신이 지닌 내적인 성실성과 이상, 깊은 감정과 부드러운 마음을 잘 드러내지 않으나 조용하게 생활 속에 배어 나온다. 이해심이 많고 순응적이며 관대하고 개방적이다. 그러나 내적 신념이 위협받는 상황에서는 조금도 양보하지 않는다. 남을 지배하거나 좋은 인상을 주려는 경향은 나타나지 않는다. 새로운 아이디어에 관심이 많고 통찰력이 있으며, 긴 안목으로 미래를 내다본다. 따라서 언어, 학문 분야 전문가와 작가가 많다. 심리학, 상담, 문학, 과학 분야에서도 능력을 발휘한다. 어떤 일에 깊이 관심을 모으며 완벽주의로 나아가려는 경향이 있다. 일을 벌이는 스타일이기에 생각만큼 성취되지 않을 때 불안감을 느끼기 쉽다.

【 대인관계와 의사소통 】

외부에 침착하고 만족스러운 얼굴을 나타내며 과묵하고 수줍은 듯이 보인다. 타인에게 냉랭한 것처럼 보이지만, 내면적으로는 절대 멀리하지 않는다. 다른 유형에 보기 드문 것으로 특별한 사람들이나 어떤 하나의 명분을 깊고 열정적으로 돌보는 능력을 갖추었다. 자신을 믿는 사람들이나 대의명분을 위해선 희생을 감수하기도 한다.

【 주의하고 개발할 점 】

생각하는 데 시간을 다 써 버리고 행동에 옮기는 것을 어려워한다. 따라서 실질적으로 일하는 법을 배울 필요가 있다. 많은 사람을 다 만족시켜야 한다는 생각을 줄여야 한다. 그래야 마음의 상처를 줄일 수 있다. 개인의 이상이나 계획을 논리적으로 분석도 해보고, 현실적인 안목에서 살펴볼 줄도 알아야 한다. 행동 계획을 수립하고, 확고한 주장으로 때로는 타인의 요청을 거부할 수 있도록 노력해야 한다. 일에서 시작도 끝도 없다. 여러 가지를 동시에 시작하며 마무리 짓기 어려워한다.

— ENFP 외향성 직관형
— 주기능 직관, 부기능 감정, 삼차 기능 사고, 열등 기능 감각

【 장점과 일반적인 특징 】

열성적이고 창의적이다. 풍부한 상상력으로 새로운 일을 잘 시작한다. 풍부하고 충동적인 에너지로 일을 즉흥적이고 재빠르게 해결하며 솔선수

범한다. 관심 있는 일이면 무엇이든지 척척 해내는 열성파이다. 뛰어난 통찰력으로 상대방 안에 있는 성장·발전할 수 있는 가능성을 들여다보며, 자신의 열성으로 다른 사람들도 어떤 새로운 일에 흥미를 느끼게 하고 다른 사람을 잘 도와준다. 어려움을 받을 때 더욱 자극을 받고, 어려움을 독창적으로 해결해 나간다. 사람과 일에 대하여 새로운 정열을 갖기 때문에 그들의 열정에 영향을 받아 다른 사람들도 관심의 도가 높아지고, 자신이 속한 집단을 활성화한다.

【 대인관계와 의사소통 】

감정 기능이 우세하여 사람에 대한 관심이 많다. 따뜻한 온정이 있고 사람들과 매우 잘 지낸다. 그들은 다른 사람의 태도에 민감하며, 판단하기보다는 이해하려는 의도를 지녔다. 다른 사람의 기분을 알아내는 초인적인 감각을 지니기도 한다. 타인에게 주는 영향력이 크다. 인간관계에서 자발적이면서도 진실하고자 노력한다. 이러한 의도는 조용히 타인에게 전해지고, 많은 사람이 이것에 매력을 느낀다. 매력이 있고 동료와 잘 어울리고 같이 있기를 좋아한다. 사람을 모으고 회의나 모임을 주도하는 재주가 있다. 그러나 이러한 일을 하는 데 필요한 세부적인 자료를 모으는 일에는 좀 미숙하다. 배우자로서는 매력적이고 교양 있고 동정적이며 일상적인 것에는 잘 따르지 않는 경향이 있다. 부모로서는 자녀를 다루는 데 예상치 못한 것을 요구하기는 하지만 때로 친구와 같이 꽤 헌신적이다.

하던 일을 끝내기 전에 새로운 것으로 옮겨 가기 쉽다. 한 가지 일을 매듭짓는 법을 배워야 한다. 현실적인 면도 고려하여 관계된 세부 사항을 잘 살피고 좀 꼼꼼해질 필요가 있다. 일을 벌이지만 말고 우선순위를 정해 놓고 차근차근히 하는 법을 생각해야 한다. 일의 우선순위에 따라 시간을 적절히 사용하는 일에 주의를 기울이는 게 좋겠다. 씀씀이가 커서 항상 미래를 대비할 필요가 있다.

━ ENFJ 외향성 감정형

━ 주기능 감정, 부기능 직관, 삼차 기능 감각, 열등 기능 사고

【 장점과 일반적인 특징 】

동정심이 많고 인화를 중시하며, 민첩하고 성실하고 참을성이 많다. 다른 사람을 존중하고 가치를 발견할 줄 안다. 상대방의 의견을 존중하고 새로운 아이디어와 일에 관심이 많다. 글로 쓰기보다는 말과 행동으로 나타내기를 좋아한다. 사람을 좋아하고 사교적이며, 다른 사람의 장점을 발견하면 이를 지나치게 이상화해 맹목화하는 경향이 있다. 다른 사람의 인정을 중시한다. 인정을 받으면 열성을 다한다. 사람을 만나는 일에 능력을 발휘한다. 교직, 사목, 판매, 예술, 문학 등 주로 조화로운 인간관계에 큰 가치를 부여한다.

【 대인관계와 의사소통 】

사회생활에 유능하며, 친구를 사귀는 일과 이성 교제에 능숙하다. 매력과 관심으로 사람을 잘 다룬다. 어디를 가든 항상 인기가 있다. 어떤 생활에서든 사람들과 함께하는 것을 좋아한다. 인간 자체에 최고의 중요성과 우선권을 준다. 그 결과로써 타인의 정서까지도 자기의 책임으로 생각하기 쉬워서 때로 이들과의 인간관계에 부담을 주기도 한다. 이들에게 쉽게 도움과 지지를 청한다. 인간관계를 이상화하는 경향이 있다. 이상적인 관계를 유지할 수 없는 경우에도 그것을 계속 유지하려고 함으로써 상처를 받기 쉽다. 이들은 남들에게 대단히 관대하고, 비평을 하지 않으며, 언제나 믿을 수 있다. 본인들이 남들을 수용하듯 남들도 그러하리라고 믿는다. 언어와 화술에 특히 능통하여 서면 교제와는 정반대인 얼굴을 마주 보고 이야기하는 데 특별한 재능이 있다. 이들은 타인의 인격, 정서, 신념을 잘 고려하는 특별한 공감 능력으로 남과의 관계를 잘 맺는 데 탁월하다.

【 주의하고 개발할 점 】

지나치게 남을 이상화하지 말고 현실적 안목을 키워야 한다. 인간관계에 지나치게 끌려서 일을 소홀히 하지 않도록 신경 쓸 필요가 있다. 사람에 대한 관심만큼 현실과 세부적 사항에도 관심을 나타내야 한다. 다른 사람의 기분, 인격, 신념 등을 지나치게 동일시하고 공감하는 것을 주의할 필요가 있다. 즉, 객관적이 되도록 노력하는 것이 좋다.

— INTJ 내향성 직관형

주기능 직관, 부기능 사고, 삼차 기능 감정, 열등 기능 감각

【 장점과 일반적인 특징 】

행동과 사고가 독창적이다. 비전과 신념이 강해 독립적이고 단호하고 고집이 세다. 자신의 영감과 목적을 실현하려는 의지와 결단력이 강하다. 직관과 통찰이 요구되는 일에서 능력을 발휘한다. 복잡한 문제 다루기를 좋아하며, 자기가 관심있는 일이라면 조직력을 발휘하여 추진하는 힘이 있다. 특정 목적을 향해 외곬으로 치닫는 경향이 있기 때문에 다른 사람의 생각이나 감정에는 소홀한 경향이 심하다. 따라서 적이 많다. 명철한 분석력과 비판력 때문에 사물과 사람을 있는 그대로 받아들이기 어려우며 인간적인 면을 소홀히 한다. 어떤 사람의 말이든 사리 판단에 맞으면 받아들이지만 그렇지 않으면 어떤 사람이든 거부한다. 성취 욕구가 강하다.

【 대인관계와 의사소통 】

다른 사람의 말에 별로 영향을 받지 않는다. "홀로 서기"를 잘한다. 특정한 대상에게 쏟는 정이 유별나다. 이들 앞에선 많은 사람이 자기 자신을 의식하게 되는 경향 때문에 INTJ들과는 심리적인 거리감이 형성된다. 따라서 동료는 이들이 감정이 없고 냉랭하고 열정이 없다고 생각한다. 왜냐하면, INTJ들은 자신들에게 하는 것처럼 다른 사람에게도 어려운 일을 강요하고 만족할 줄 모르는 사람처럼 보이기 때문이다. 학교 또는 직장에서 성취욕이 강하다. 정서 표현을 어려워하고, 자신이 관심 있는 사람들로부

터 거부당했을 때 가장 과민한 반응을 보인다. 독립심이 가장 강하고 자율적이 되고자 하는 욕구도 가장 강하다. 일반적으로 자신이 옳다고 믿는 한 다른 사람의 무관심이나 혹평이 이들을 신경 쓰게 하지는 못한다. 사생활을 보장받고자 하는 욕구도 강하다.

【 주의하고 개발할 점 】

조금도 양보가 없어 남들이 그에게 접근하거나 도전하기를 두려워한다. 다른 사람의 의견을 경청하고 인간적인 면을 살필 줄 알아야 한다. 남을 인정하는 법을 배우고 비현실적 생각은 버릴 줄 알아야 한다. 자신의 생각과 행동이 다른 사람에게 미칠 영향도 고려해야 한다. 다른 사람의 제안을 받아들이는 것을 배울 필요가 있다.

— **INTP** 내향성 사고형

— 주기능 사고, 부기능 직관, 삼차 기능 감각, 열등 기능 감정

【 장점과 일반적인 특징 】

조용하고 과묵하나 자기의 관심 분야에 대해서는 말을 잘한다. 사람을 중시하기보다 아이디어에 관심이 많으며, 분석적이고 논리적이고 객관적이다. 이해가 빠르고 직관력과 통찰력이 있어 재능이 많고 지적 관심이 많다. 그러나 개인적인 인간관계나 파티 잡담 등에는 관심이 없다. 사람을 사귈 때도 소수의 몇 사람과 아이디어나 추상적 문제를 주로 논한다. 모든 유형 중에서 사고와 언어 방면에서 가장 정밀하다. 사고와 언어의 명확성,

불일치를 즉각적으로 파악한다. 현재 문제에 관련된 가장 적절한 것을 찾아낸다. 결과적으로 어떤 유형보다도 집중력이 강하다. 이들에게 세계는 무엇보다도 이해되어야 할 것으로 존재한다. 현실은 별것이 아니며 이상을 증명하는 장소일 뿐이다. 우주를 아는 것이 중요하다. 생각이 많은 사람이다. 생각을 안 하면 마치 할 일이 없는 사람 같다. 비판적이어서 다른 사람이 곁에 가기가 어렵다.

【 대인관계와 의사소통 】

대체로 함께 지내기에 거리낌이 없고 공손하며 쉬운 편이다. 중대한 약속, 연중 기념일, 일상생활의 의식 등을 일깨우지 않으면 잊어버리는 수가 많다. 정서를 말로 표현하는 데 어색하다. 주어진 상황을 직관적으로 다루는 이들의 사고는 가까운 사람들 외에는 알아볼 수 없을 만큼 숨겨져 있다. 따라서 대개는 INTP들이 알기 어려운 사람으로 이해되거나, 그들이 지닌 능력이 바로 이해되는 경우가 드물다. 자신의 신조가 침해되기 전에는 매우 적응력이 강하다. 그러나 일단 침해되면 몹시 적응하기 어려워진다. 그렇게 되면 다른 사람들도 도저히 이들을 이해하지 못한다. 왜냐하면, 이들은 매우 복잡하게 생각하면서도 표현에서는 너무나 간단명료하기 때문이다. 정서 표현이 별로 없으며, 다른 사람이 원하는 바에는 매우 둔감하고 심지어 전혀 의식하지 못하는 때가 많다. 주제가 있는 대화를 즐기고 요점이 없는 대화를 좋아하지 않는다.

【 주의하고 개발할 점 】

자신과 타인의 지적 능력을 인정하지만, 방대한 사상, 법칙, 행동 방식의 이해에 대한 자신의 강한 욕구에 집착하여 단순한 아마추어가 되기 쉽다. 구체적 사항에 관심을 두고 현실성을 고려해야 한다. 다른 사람의 개인적인 측면들을 알고자 애쓰고, 다른 사람의 노력을 인정하는 태도를 기를 필요가 있다. 지나치게 지적이어서 이론적인 면에 치우치기 쉽다. 비판적·분석적이어서 인간미가 없다는 말을 듣기 쉽다.

— ENTP 외향성 직관형
— 주기능 직관, 부기능 사고, 삼차 기능 감정, 열등 기능 감각

【 장점과 일반적인 특징 】

상상력과 창의력이 풍부하고 항상 새로운 가능성을 찾아 나가는 혁신가이다. 안목이 넓고 다방면에 재주가 있으며 자신감이 넘친다. 사람들의 동향에 민감하고 민첩하며 여러 가지 일에 재능을 발휘한다. 복잡한 문제를 잘 해결하고 정력적인 에너지를 가지고 있으며 부단히 새로운 일을 찾아나서며, 이렇게 새로운 일을 시작하는 가운데서 끊임없는 에너지 충전을 받는다. 그러나 일상적이고 치밀함을 요구하는 일에는 쉽게 권태를 나타낸다. 관심이 있는 분야는 거의 마음만 먹으면 다 해내는 편이다. 일 없이는 못사는 사람이다. 때로 경쟁적이며 현실보다는 이론에 더 밝은 편이다. 이들은 다음에는 어떤 일이 일어날까라는 의문 때문에 항상 깨어 있고, 가능성에 예민하다. 특히 기능 분석에 능하고 복잡한 것을 받아들이고 즐긴

다. 가끔 규칙을 준수하지 못하며 조직의 허를 찌르고 조직의 규칙, 규정을 판단하기를 즐긴다. 조직의 정책을 잘 이해하고 다루며 사람을 판단하기에 앞서 이해하며 주어진 정책을 잘 활용한다. 자기주장이 강하고 그 주장을 반드시 성취하고자 한다. 관습에 도전하기 쉽다.

【 대인관계와 의사소통 】

언제나 정열적이고 모든 것에 흥미가 있으므로 다른 사람들을 고무시키고, 다른 사람은 이들의 정열에 매혹된다. 여러 가지에 모두 즐거워하는 편이어서 이들을 기쁘게 하기는 것은 쉽다. 매력이 넘치는 대화를 잘하며, 타인의 복잡한 언어 구사에도 이해가 빠르다. 상대방이 가까운 친지나 친구라고 하더라도 상대에게 불리한 논쟁 기술을 곧잘 이용한다. 항상 다른 사람보다 유리한 입장을 고수하는 유일한 유형이다. 남보다 몇 발 앞서며, 수다스럽고 동기 부여를 잘하는 이들의 특징은 조직에 생명을 불어넣는다. 남에게 기만당하거나 타인에 의해 조종을 받는 일은 이들에겐 치욕이다. 배우자로서는 생기 있는 주거 환경을 만든다. 사교적이며 쉽게 또 자주 웃으며 유머 감각이 뛰어나다. 이들 중에는 유쾌한 친구들이 많으며 아이디어와 활동에 흥미가 있다. 대개는 성격이 편하고, 비판하거나 잔소리를 하지 않는다.

【 주의하고 개발할 점 】

새로운 것을 추구하다 보면 현재의 중요성을 지나치기 쉽다. 지나치게 경쟁적이 되지 말고, 다른 사람들의 노력을 인정하고 칭찬할 줄 알아야 한다. 때로 자기의 능력과 임기응변에 의존하는 경향 때문에 꼭 준비해야 하는 것을 가끔 소홀히 하는 실수를 범한다. 자신을 과도하게 확장하는 것을 주의한다. 지나치게 이상 중심이 되어 현실의 중요성을 잊기 쉽다. 현실적 우선순위와 일정 계획을 세울 필요가 있다. 과로에 빠지기 쉽다.

━ ENTJ 외향성 사고형
━ 주기능 사고, 부기능 직관, 삼차 기능 감각, 열등 기능 감정

【 장점과 일반적인 특징 】

논리적이고 분석적이고 활동적이며, 행정적인 역할이나 장기 계획 수립을 좋아한다. 사전에 철저한 준비를 하여 조직적이고 체계적으로 일을 추진한다. 비능률적이고 불확실한 일에는 관심을 나타내지 않는다. 새로운 지식, 새로운 아이디어에 관심이 많으며 솔직하고 통솔력이 있다. 이들의 특징을 한마디로 표현하면 지휘관이다. 이들의 욕구와 필요조건은 사람을 지도하는 것이다. 아주 어려서부터 집단을 이끄는 것을 볼 수 있다. 어디에서든지 원대한 목표를 위해 사람들을 조직하는 강한 추동력을 지녔다. 새로운 지식에 관심이 많으며 복잡한 문제나 지적인 자극을 주는 새로운 아이디어에 호기심이 많다. 때로 현재 처해 있는 현실적 사항들을 쉽게 지나쳐 버리는 경향과 성급하게 일을 추진하는 경향이 있다. 그러므로 이들은 현실이 안은 치밀한 상황을 있는 그대로 볼 줄 알고 처리하는 다른 사람들의 의견에 귀를 기울이는 것이 필요하다. 비능률이라는 것은 용납되지 않으며, 반복되는 실수는 참지 못한다. 무슨 일을 하든지 분명한 이유

가 있어야 하며, 사람들의 감정이 이유가 될 수는 없다. 객관적인 자료에 근거한 결정을 좋아하며, 충분히 검토된 기안과 설계에 따라 일을 진행하기를 원한다. 일에 대해 지칠 줄 모르는 헌신을 다하며, 일 이외의 다른 생활에는 쉽게 담을 쌓는다.

【 대인관계와 의사소통 】

자신과 다른 사람의 감정에 관심을 보이고, 자신의 느낌이나 감정을 인정하고 표현하는 것이 필요하다. 그렇지 않으면 누적된 감정이 크게 폭발할 가능성도 있다. 너무 논리와 사고에 의존하기 때문에 감정의 가치-다른 사람들이 중요시하고 자신이 중요시하는 것-를 간과하기 쉽다. 언어에 대한 통찰과 의미 파악에 천부적이다. 사고와 표현이 명료하다. 특정한 주제에 대한 토론을 즐긴다.

【 주의하고 개발할 점 】

다른 사람의 감정과 다른 사람의 말에 귀를 기울이고 인정해 줄 필요가 있다. 그 하나의 방법으로 다른 사람들의 장점과 아이디어를 인정해 주는 것이다. 서둘러 정리해 버리고 참을성이 없으며 강압적으로 보이기 쉽다. 설정하기 전에 상황의 모든 측면을 충분하게 고려할 필요가 있다. 일 중심보다는 사람 중심의 생활이 필요하다.

DiSC

┉DiSC의 역사

사람들은 대체로 자기 나름의 독특한 동기 요인에 의해 선택하여 일정한 방식으로 행동을 취한다. 이러한 행동은 하나의 경향성을 이루어 자신의 일과 생활하는 환경에서 자연스럽게 나타난다. 이를 행동 패턴 Behavior Pattern 또는 행동 스타일 Behavior Style이라고 한다.

사람들의 이러한 행동의 경향성에 대하여 1928년 미국 컬럼비아대학 심리학 교수인 윌리엄 무스턴 마스턴 William Mouston Marston 박사는 독자적인 행동 유형 모델을 만들어 설명하였다. 그는 인간이 환경을 어떻게 인식하고 또한 그 환경 속에서 자기의 힘을 어떻게 인식하느냐에 따라 4가지 형태로 행동을 하게 된다고 주장하였다. 이러한 인식을 축으로 한 인간의 행동을 각각 주도형 Dominance, 사교형 Influence, 안정형 Steadiness, 신중형 Conscientiousness, 즉, DiSC 행동 유형으로 불렀다.

또한, 미국의 칼슨 러닝 Carlson Learning 사와 존 가이어 John Geier 박사의 연구팀은 마스턴 박사의 연구 결과를 토대로 개인행동 유형 진단 도구인 PPS Personal Profile System를 개발하였다. 이러한 PPS는 4가지 기본 행동

DiSC와 15가지의 전형적 행동 유형을 제시하여 인간의 행동을 손쉽게 이해할 수 있도록 하였다.

""4가지 기본 행동의 특성

— **Dominance** 주도형
— 과감히 도전하는 용기 있는 사람

【 일반적인 특징 】

이들은 적극적인 행동파이다. 그래서 항상 분주하다. "할 수 있습니다." "당장 시작합시다." "빨리 하라니까" 라고 말한다. 이들은 계속해서 도전하고 시도한다. 또 사람들에게 도전하라고 요구한다. 이들은 자율과 권한, 의지, 높은 자신감으로 행동하기 때문에 다른 사람의 지나친 간섭을 싫어한다. 항상 변화를 지향하며 다음 단계를 생각하고 미래를 내다본다. 또 이들은 효율성과 능률성을 추구하기 때문에 단호하고 강건하다.

이들을 상징하는 신조는 "밀어붙이자!" "나를 따르라!" "하면 하고 말면 말자" "끝장내자" "모 아니면 도" "나가자, 싸우자, 이겼다" "끝없이 날자" "돌격 앞으로" "부러질지언정 휘어지지는 말자" 등이다.

【 목표 】

과감성과 대담함 그리고 적극성과 진취적 태도 또한 높은 결단력 등의 행동 이면에는 '결과'와 '목표'에 대한 높은 관심이 놓여 있다. 이들의 핵심적 욕구는 결과를 빠르게 성취하는 것이다. 그러므로 D형의 사람들은 자신이 설정한 목표에 매우 진취적이고 과감한 행동을 보인다.

【 두려워하는 것 】

D형의 목표 지향적인 행동은 역시 그들의 두려움과 밀접히 관련되어 있다. D형의 사람들이 느끼는 두려움은 통제력을 상실하거나 남에게 이용당하는 것이다. 그러므로 이들의 과감하고 적극적이며 주도적인 행동의 이면에는 상황과 사람들에 대한 통제력을 상실하지는 않을까 하는 염려가 깔렸다. 이들은 또한 권태, 반복적인 업무, 부드럽고 약하게 보이는 것들을 꺼리거나 두려워한다.

【 장점 】

강력한 리더십은 이들의 큰 장점이다. 이들은 결과를 얻고자 장애를 극복하고 이를 처리한다. 매우 높은 자율성을 바탕으로 능동적이고 진취적이며 주도적으로 행동한다. 이들의 탁월한 리더십 능력과 추진력은 복잡한 문제를 효과적으로 해결하며, 종종 높은 성취를 촉진한다. 빠른 의사결정, 도전 정신, 위험의 감수, 명료한 자기주장, 결과의 추구, 추진력, 독립적 행동 등은 모두 이들의 주요한 장점들이다.

【 단점 】

그러나 D형의 적극적이고 공격적인 행동은 때로 냉정하고 독불장군처럼 비추어진다. 이들은 지나치게 완고하거나 조급하게 행동할 수 있으며, 세세한 것을 간과하고 충동적으로 행동할 수 있다. 지나친 서두름과 충동적인 결정은 때로 잦은 실패를 불러올 수도 있다. 또 상황에 대한 지나친 통제 욕구 때문에 친구나 동료, 가족의 의견을 무시하거나 이들에게 관대하지 못할 수 있다. 또 많은 스트레스를 경험하면 이들은 다른 사람의 말에 주의를 잘 기울이기보다 자신의 주장을 더 드러내는 비경청자의 모습을 보이기도 한다. 독단성, 냉정함, 서두름, 의견의 무시 등은 이들의 단점이 된다.

■ Influence 사교형
■ 사람들에게 즐거움을 주는 사람들

【 일반적인 특징 】

이들은 매우 열정적이다. 이들과 함께 있는 당신은 매우 즐거울 것이다. 항상 다른 사람들을 즐겁게 해 준다. "이리 와 봐! 내가 즐겁게 해 줄게." 그들에게 있어 삶은 어디든지 그들의 무대이다. 이들은 설득적이다. 매력적인 방법으로 다른 사람에게 영향을 미치며 또 그렇게 할 수 있는 좋은 화술과 유머 감각이 있다. 사람들에 대한 감수성이 풍부하며 그 때문에 낯선 사람일지라도 상대의 긍정적인 면을 재빨리 읽고 그를 신뢰한다.

【 목표 】

이들은 기본적으로 매우 낙관적이며 긍정적이다. 사람과 상황에 대한 긍정적인 관점은 이들의 독특한 특성이다. 이 같은 I형의 행동은 사람들에 대한 높은 욕구를 반영한 것이다. 이들은 항상 다른 사람들과 어울리기를 좋아하고 사람들을 설득하며, 또 사람들에게 자신들의 존재 가치를 알림으로써 자신이 원하는 환경을 조성하려 한다. 그러므로 이들 행동의 주된 욕구는 사회적 인정이라고 할 수 있다. 언제나 긍정적인 인상을 심고자 노력하며, 다른 사람에게 자신이 어떻게 비추어지는지에 높은 관심을 둔다. 그 결과 많은 말을 하게 되고 언제나 재미있게 표현하며, 다른 사람의 말에 쉽게 공감한다.

【 두려워하는 것 】

이들은 다른 사람들로부터 거부당하지 않을까 하는 두려움을 가지고 있다. 다른 사람들에게 인정받지 못하거나 공개적으로 수모를 당하는 것을 염려한다. 또 외톨이가 되거나 혼자서 오랜 시간을 견디는 일 등에 인내력이 부족하다. 그러므로 골방에 갇혀 심각한 고민 속에서 온갖 잡다한 변수를 고려하고 번뇌하는 I형을 상상하기란 어렵다. 이러한 사회적 거부감에 대한 염려는 반사적으로 더욱더 친근하고 사교적이며 우호적인 행동으로 나타난다. 또 자신들의 그러한 행동이 영향력을 미치지 못할 때 이들은 뜻밖에 혼자 있다는 외로움으로 괴로워한다.

【 장점 】

I형의 사람들은 사람과 상황에 대해 낙관적인 눈을 가졌기 때문에 뛰어난 적응력과 융화력, 친화력, 열정적이고 긍정적인 태도 등을 보인다. 이

것은 이들만의 독특한 강점이다. 사람에 대한 높은 욕구는 사람과 관련한 정보를 처리하는 데 있어 높은 감수성을 발휘한다. 그래서 I형은 사람들은 미묘한 감정의 변화를 잘 읽고 반응하며 쉽게 공감한다. 그래서 슬픈 사람과 함께 있다면 그들 자신도 같이 울어 줄 만큼 뛰어난 공감력의 소유자이기도 하다. I형은 열정적이고 설득력이 있으며, 아이디어맨이기도 하다. 변화와 다양한 관심, 자유로움 또한 다른 사람들이 갖고 있지 못한 이들의 강점이다.

【 단점 】

I형의 사람들이 가진 약점은 너무나 많은 참견, 조급함, 혼자 있지 않으려는 태도, 산만함, 비체계성, 비조직성 등을 들 수 있다. I형은 반복적인 일에 쉽게 싫증을 느끼기 때문에 계속해서 자극적인 일로 보상받지 못하면 또다시 금방 새로운 것을 찾아 이리저리 나돌아 다니기도 한다. 이들의 행동은 대체로 비조직적이고 비계획적이며 비체계적인 때가 많다. 이들은 어쩌면 천성적으로 그러한 것을 싫어하는 것처럼 보인다. 계획을 세우지만 이들에게 있어 계획이란 상황적 변수에 따라 얼마든지 포기하거나 변경할 수 있는 형식에 불과하다. 그러다 보면 마감 일을 놓치는 일이 흔하게 발생한다.

▬ Steadiness 안정형
▬ 온화한 미소와 평화를 사랑하는 사람들

【 일반적인 특징 】

이들은 성실하고 꾸준하다. 한 번에 한 가지씩 일을 처리한다. 일상적이고 반복적인 일에도 그다지 싫증을 느끼지 않는다. 지속성과 일관성은 이들이 가치 있게 여기는 안전성을 높이는 힘이다. S형의 사람들은 다른 사람들과의 충돌이나 갈등을 원하지 않는다. 그래서 자신보다는 다른 사람의 욕구를 충족하려 한다. 또한, 현상을 유지함으로써 언제나 조화로운 환경을 조성한다. 심지어 매우 스트레스가 높은 상황에서도 평온함을 유지하며 참을성 있게 일을 차례대로 진행한다.

【 목표 】

S형의 사람들은 과제 수행을 위해 다른 사람과 협력하는 것에 주된 목표를 두고 있다. 이들은 안정과 안전에 대한 기본적 욕구가 있으며, 언제나 조화롭고 균형감 있는 환경을 조성한다. 갈등이나 서로에게 적대감이 없는 환경 아래에서 일을 잘 처리하며, 그 때문에 다른 사람들과 가능하면 부드럽고 원만한 관계를 유지하도록 노력한다. 높은 협력성에 대한 욕구로 양보, 타협, 순응, 중재 등의 행동을 보이면서 팀 지향적으로 행동한다.

【 두려워하는 것 】

마찬가지로 이들의 두려움은 목표와 밀접히 관련되어 있다. 안정과 질서, 균형과 조화를 추구하는 이들은 상대적으로 급격한 변화, 무리한 요구 등에 대한 두려움을 가지고 있다. 무언가 기대가 명확하지 않거나 급작스러운 위기 상황이거나 혹은 공격적인 대면 상황 등을 두려워하며 이를 피하려 한다. 이들에게 급격한 변화란 충분히 숙고하고 신중히 검토하고서 진행되어야 하는 것으로 인식되기 때문에 변화는 곧 두려움이며 현재의 질서를 뒤흔드는 혼란이다. 이들은 그래서 단호함이나 모험적 행동을 하지 않고, 주저하거나 미온적인 태도를 보인다.

【 장점 】

S형은 매우 꾸준하고 성실하며 인내심이 있다. 또 다른 사람들과 조화롭고 원만한 관계를 유지한다. 매우 협력적이고 협조적인 행동은 이들의 큰 장점이다. S형은 꾸준한 페이스를 유지하고 안정적인 모습을 보이면서 순차적이면서 한결같이 일을 추진한다. I형과는 달리 이들은 매우 안정적인 감정 상태를 유지하기 때문에 쉽게 흥분하거나 화를 내는 것과 같은 감정의 기복은 거의 없다. 이들은 침착하며 안정감, 균형감을 추구한다. 실제로 인간관계에서 2위란 없을 정도로 사람들과 원만한 관계를 유지한다. 온화하고 부드러움, 진지한 배려 등은 이들의 뛰어난 장점이다.

【 단점 】

S형은 다른 사람과의 충돌이나 갈등을 지나치게 피하려 하기 때문에 단호한 사람들의 요구나 강압에 쉽게 양보하고 희생한다. 이러한 행동은 자기 표현에 소극적으로 나타나고, 때로 우유부단한 모습으로 비추어진다.

이들의 자기표현에 대한 소극적인 태도는 스스로 감정적 상처를 가져오고 종종 자신의 평온함과 안정성에 침해를 입히기도 한다. 많은 S형은 이 탓에 혼자서 '속병'을 경험한다. 또 주도적이며 단호한 태도, 리더십, 추진력 등을 갖지 못한 것은 이들의 약점이다. 불명확한 의사 표현, 소극적인 태도 등은 때로 다른 사람에게 오해를 불러일으킬 수도 있다.

▬ Consientiousness 신중형
▬ 삶의 기준을 제시하는 사람들

【 일반적인 특징 】

C형의 사람들은 매우 조심스럽다. 이들은 행동하기 전에 충분히 생각한다. 실수하는 것을 좋아하지 않아서 몇 번이고 검토하는 데 시간을 들인다. 이들은 어떤 일이고 정확하고 바르게 수행하는 데 관심이 많다. 그래서 세세한 사항을 쉽게 지나치지 않으며 이를 검토하고 재확인한다. 이들은 서두르지 않고, 체계적으로 신중하게 일을 수행하는데 능숙하다. 그 결과 실수가 적지만 일의 진척은 더디다.

【 목표 】

C형은 매우 분석적이며 정확하다. 이들은 가능한 과정과 결과가 바르고 정확하게 이루어지기를 원한다. 이들의 최우선적 과제는 과업 그 자체이며, 그 과업은 언제나 정확하고 바르게 수행되어야 한다고 생각한다. 이들은 매우 계획적이고 치밀하며 빈틈없이 일을 수행하고, 그 결과 높은 결과

물을 내놓는다. 상대적으로 인간적 요소는 다소 부차적으로 치부한다.

【 두려워하는 것 】

C형의 사람들은 자신이 한 일에 대해 다른 사람들의 비판을 두려워한다. 이들은 자신의 일에 대해 누군가가 비판하지 않을까 하는 염려 때문에 더욱더 바르고 정확하게 일을 한다. 불명료한 업무 기준, 혼란스럽고 체계적이지 못한 행동, 산만한 상황 등에 거부감을 느낀다. 그래서 이들은 즉흥적으로 감정을 표현하거나 개인적인 사생활을 이야기하도록 요구받는 경우도 곤란함을 느낀다.

【 장점 】

C형은 정확성, 논리성, 명확성, 일관성, 체계성 등에서 강점이 있다. 이들은 일과 관련한 어떤 기준과 기대에 정확히 도달하려고 에너지를 집중한다. 정확성을 추구함으로써 수시로 사안들을 검토하고 분석한다. 또한, 일의 과정과 절차에서도 매우 계획적이고 치밀하며, 꼼꼼한 모습을 보인다. 사안에 대한 신중함, 논리성의 추구, 원인 탐구, 주의 깊은 의사 결정 등은 모두 이들의 장점이다.

【 단점 】

C형은 지나친 완벽주의적 태도나 결벽증을 보이기도 한다. 이들은 자신과 타인에게 모두 높은 기대를 하기 때문에 기대에 못 미치는 경우 자신과 타인에게 매우 비판적으로 행동할 수 있다. 또한, 이들의 지나치게 신중한

태도는 무슨 일이든 너무 오랜 시간을 소요하여 기회를 놓치는 일이 빚어지기도 한다. 이런 때 이들은 지나치게 지엽적이거나 세세한 부분에 집착하고 있는 상태다. 지나친 분석과 정확성의 추구는 자기표현에서도 매우 절제되거나 방어적으로 나타난다.

▪▪▪▪15가지 유형별 행동 전략

PPS에 의해 더욱 현실적으로 접근하여 가장 빈번하게 나타나는 그래프 형태를 기초로 전형적 유형 프로파일을 제시하면 다음과 같은 15가지로 축약될 수 있다.

▬ 개발자형 Developer

독자적으로 자신의 욕구를 충족한다. 새로운 기회를 추구해 나간다. 독자적으로 문제의 해결책을 찾으며 참신하고 혁신적인 방법으로 해결한다.

▬ 객관주의형 Objective thinker

이들은 다른 사람을 공격하거나 공격당하지 않으려 한다. 정확한 것을 좋아하며 논리적으로 생각한다. 언제나 사실에 기초하여 판단하며 명확히 정의를 내리는 소질이 있다.

▬ 결과 지향형 Result-oriented

이들에게 자신감은 생명이다. 개인주의적 성향이 강하며 항상 상황을 주도하려 한다. 자기주장이 강하며 다른 사람의 권한을 침해하는 스타일이다.

— 설득형 Persuader

사람들을 잘 신뢰하며 우호적이고 솔직하다. 권위와 명성을 얻으려고 노력하며 뛰어난 언변이 있다. 설득을 잘하며 늘 낙관적이다.

— 성취자형 Achiever

매사에 근면하며 의욕적이다. 개인적인 목표가 뚜렷하며 자신의 일에 책임을 진다. 지나치게 자기 의존적이며 일에만 몰두하기 쉽다.

— 실천형 Practitioner

자신을 계발하는 데 열심이다. 놀라운 자제력과 엄격한 자기 관리를 할 줄 안다. 전문적인 일을 잘하며 공동의 이익을 위해 잘 협력한다.

— 완벽주의형 Perfectionist

언제나 일을 정확히 처리한다. 자제력이 있으며 신중하다. 모든 일에 양심적으로 행동하며 규정된 절차를 따른다. 과거에 의존적이며 새로운 것을 잘 추구하지 않는다.

— 전문가형 Specialist

늘 온화하고 협조적이다. 일관성이 있으며 질서 있는 환경을 좋아한다.

자신의 견해를 다른 사람과 함께 나눌 줄 안다. 현상 유지에 급급해한다.

━ 중개자형 Agent

타인의 호의를 잘 받아들이며 적대적 행위를 거부한다. 타인의 감정과 생각을 잘 이해하며 친절하고 관대하다. 봉사 정신이 투철하다.

━ 직감형 Inspirational

호전적이며 공격적인 성격의 소유자이다. 무슨 일이든 솔선수범한다. 우정이나 사랑 등의 욕구를 무시하는 경향이 있으며 목적을 달성하려고 수단을 가리지 않는다.

━ 창조형 Creative

매우 진취적이며 변화를 계획하고 주도한다. 독자적인 일을 좋아하며 단조로운 일에는 쉽게 싫증을 낸다. 대체로 퉁명스러우며 비판적이고 생색을 잘 낸다.

━ 촉진자형 Promoter

다른 사람들에게 인정받고자 노력한다. 다른 사람에게 호의적이며 칭찬을 잘하고 지나치게 낙천적이다. 객관적이며 감정을 잘 조절하고 약속을 끝까지 지킨다.

━ 카운슬러형 Counselor

감성이 풍부하고 이해심이 많아 사귀기 쉽다. 무엇보다 우정을 중요시하며 사람을 행복하게 하는 일에 힘쓴다. 다른 사람의 마음을 잘 이해하나 누구나 지나치게 신뢰한다.

━ 탐구자형 Investigator

언제나 침착하며 자제력이 강하다. 의지가 강하고 끈기가 있으며 매사에 철저하다. 다소 지나치게 무뚝뚝하며 다른 사람을 잘 의심한다.

━ 평가자형 Appraiser

다른 사람에게 잘 보이려는 욕구가 강하다. 경쟁심이 강하고 사람을 설득하고 격려하여 목표를 잘 달성한다. 다른 사람의 감정과 생각을 잘 살피며 다른 사람에게 나쁘게 보이는 것을 두려워한다.

6장

셀프 코칭

Self Coaching

산토끼의 반대말이 무엇일까? 이것은 그 사람의 아이큐에 따라 제각기 대답이 다를 것이다. 그럼 우리나라 사람에게 영어로 물을 무엇이냐고 묻는다면, 어떤 대답이 나올까? Water라고 대답하면 EQ가 두 자리, Self라고 말해야 세 자리이다. 그 이유를 묻는다면, IQ가 두 자리라고 말하고 싶다. 이런 이야기로 이 장을 시작하는 것은 셀프 코칭이 어렵다면 매우 어려운 것이기 때문이다. 마치 중이 제 머리카락을 깎는 것 같이, 그리고 의사가 자기 아들을 수술하는 것 같이, 또한 남편이 아내에게 운전을 가르치는 것 같이 말이다. 그래서 사람들이 무슨 일이 생기면 카운슬링이나 컨설팅을 받고 싶어하는지 모른다. 그러나 코칭은 카운슬링이나 컨설팅과 달리 자기 삶에도 활용이 가능한 유익한 스킬이다.

셀프 코칭이란 말 그대로 자신을 코칭하는 것을 의미한다. 셀프 코칭에 대해 심리학자 이희경은 이렇게 말한다. 셀프 코칭은 "자신과의 대화를 통해 스스로 목표를 세우고 달성하는 방법을 찾아가는 것이다. 셀프 코칭의 결과물은 '스스로 생각하고 행동하는 인재'이다. 셀프 코칭을 통해 자신의 잠재력을 실현하여 현대 사회의 변화를 이끄는 인재로 성장하는 것이 가능해진다."

당신이 이 책을 선택한 동기가 무엇인가? 별별 다른 이유가 있겠지만 필자는 자기 계발을 위해 도움을 받고자 이 책을 택했다고 생각한다. 더 나은 자기 모습을 만들고자 이 책을 보고 싶어했을 것이다. 현실에 만족하고 그것에 안주했다면, 이 책과 만날 가능성은 없었다. 때로 실패도 맛보고 좌절도 하면서 자신이 이루고자 하는 그 무엇이 있고, 그것을 이룰 방법 가운데 여러분은 코칭을 생각했을 것이고, 이 책을 통해서 코칭에 대해 안내받

길 기대하였기에 이 책이 당신의 손에 쥐어져 있는 것이다. 그러면 셀프 코칭으로 자신을 점검하고 향상하는 시간을 갖는 것은 당신의 인생에서 매우 값진 시간이 될 것이다.

정체성 확립

   동서 냉전 시대 이후 화해 분위기가 조성되고 이념보다는 국익을 따지는 이 시대에, 전에 재미있게 보았던 영화들 가운데 사라져 버린 것처럼 보이는 영화 종류를 혹시 알고 있는가? 그렇다. 첩보전이나 간첩에 관한 영화가 사라져 가고 있으며, 그러한 영화의 소재들도 국가와 이념보다는 산업에 가까운 내용이며 최첨단 장비가 두드러지게 특수 효과를 보이는 것들뿐이다. 그러나 디지털이 아니라 아날로그 같은 스타일임에도 흥행하는 영화가 있다. 로버트 러들럼의 간첩 소설을 영화화한 〈본 아이덴티티〉는 1988년에 리처드 챔벌레인 주연의 TV 영화로 선보인 후 2002년에는 맷 데이먼 주연의 극장영화로 다시 등장했다. 2004년 속편인 〈본 슈프리머시〉에 이어 2007년 3부인 〈본 얼티메이텀〉까지 등장한 것을 보면, 많은 사람이 이 영화를 좋아하는 모양이다. 냉전 대립의 시대가 지난 지금 이 영화에 많은 사람이 관심을 쏟는 이유는 무엇일까?

   대부분 평자는 첩보원 제이슨 본이라는 주인공이 자기 정체성을 찾아가는 모습 때문이라고 생각한다. 다양하게 급속도로 바뀌는 현대에서 철학자나 작가들이 이야기하지 않아도 알 수 있는 현대인의 특징은 고향의 상실과 자아의 망각이다. 돌아갈 곳을 잃어 버렸으며 자아를 찾기 위한 행동을 못하고 있다는 것이다. 자기를 모르고 살아가고 있으며, 어디로 가야 할지도 모르고 살고 있어서 정체성의 문제에 한없이 취약해져 있는 것이 현대인이다. 그런 점에서 셀프 코칭에서 우리가 제일 먼저 생각해야 할 것은 무엇일까? 그것은 바로 자기에 대한 이해로 자신의 정체성 찾기가 필요하다. 정체성을 강조하는 이유는 그것이 분명한 사람만이 목표에 도달할 때까지 셀프 코칭을 통하여 자신의 삶을 변화할 수 있기 때문이다. 정체성이란 기본적으로 "나는 누구인가?"라고 묻는 것에 대한 자기만의 대답이다. 예전에 어느 개그맨이 말한 "내가 누구게?"라는 질문은 바로 자신의 모습을 대중에게 묻는 것이다. 그러나 정체성은 여기서 한 걸음 더 나아가 "어디로 갈 것인가?"에 대한 답도 포함하는 것을 말한다. 우리말로 참모습이라고 할 수 있는 본연의 자신 모습을 일컫는 것이다. 현대에 정체성에 관심을 두고 평생을 연구한 학자가 에릭 에릭슨 Erick Erikson, 1902~1994이다.

그가 정체성 연구에 심혈을 기울인 것은 그의 자라난 배경과 관련이 깊다. 그는 어머니의 복잡한 이성 교제로 친아버지가 누구인지도 모른 채 양아버지의 손에 자라났다. 그래서 정체성 문제는 그에게 개인적으로는 자기가 누구인지를 찾는 탐구의 길과 같았다. 그의 연구 결과는 후기 산업사회에서 사람들에게 정체성을 찾는 중요성이 대두하면서 더욱 빛을 발하게 되었다. 그가 말한 정체성에는 자아의 재인식에 대한 강조도 있지만, 통합된 인격으로서 자아를 생각하는 일반인들의 관심이 지대했기 때문이기도 하다.

에릭슨은 자아 정체성의 의미를 다음과 같이 설명하였다. ❶ 그것은 자신이 누구인가에 대한 사회적 존재로서의 의미가 있는 통합된 존재를 의미한다. 즉, 사회에서 맡는 지위와 신분을 포괄하는 의미이다. ❷ 그것은 과거·현재·미래의 나 사이의 연속성을 지닌 일관된 자아이다. ❸ 주체적 자아와 객체적 자아 사이의 조화를 조정하는 자신을 의미한다. 그래서 현대적 자아는 정체성이 구성되는 것임을 인식하고 있으며, 언제나 자기의 의지에 따라 정체성을 바꾸거나 수정할 수 있다는 것도 알고 있다. 또한, 다른 사람이 자신의 정체성을 어떻게 인정하고 확증할 것인지에 대해 과거 삶의 형식, 가치, 정체성의 파괴 과정이 끊임없이 새로운 생성 과정과 결합한 것을 의미한다.

특히 이 정체성이 강조되는 이유는 첫째, 자아 정체성 정립을 위해서 무엇보다 중요한 것은 자기 객관화가 필요한데, 정체성이 확립되어야만 자기와 관련된 모든 것을 있는 그대로 제대로 볼 수 있기 때문이다. 둘째, 자기 수용 Self-acceptance이 중요하기 때문이다. 자기 수용이 없이는 사람의 능동적인 변화는 가능하지 않다. 얼핏 보면 자기를 있는 그대로 받아들이는 것이므로 별로 어려울 게 없을 것 같이 보인다. 그러나 사실 사람은 자아의 자존심이 높을 때가 아니면, 다른 목소리에 귀를 기울이지 않는다. 바로 정체성이 본연의 모습을 지니고 다른 사회적 요소에 맞추어서 삶을 살게 한다.

여기서 우리는 자기의 삶을 발견하고자 노력했던 한 선각자를 생각할 수 있다. 에이든 윌슨 토저 목사 Aiden Wilson Tozer, 1897~1963는 정규 교육을 받지 못했지만 선지자적인 외침으로 그 시대에 경종을 울린 위대한 저술가요 강연자였다. 인간의 가식적이고 흥미 위주의 가벼운 삶에 반대하고 내면의 소리를 듣는 진지한 삶의 태도를 견지했던 인물이었다. 그는 자기 발견 Self-discovery을 위한 법칙으로 7가지 영역에서 생각해 볼 것을 제안하였다. 그의 질문에 맞추어서 한번 생각해 보는 것이 도움될 것이다.

❶ 당신이 가장 원하는 것은 무엇인가? What do you want most?

----

❷ 당신이 가장 많이 생각하는 것은 무엇인가? What do you think about most?

----

❸ 당신은 돈을 어떻게 사용하는가? How do you use your money?

----

❹ 당신은 한가한 시간에 무엇을 하며 보내는가? What do you do with your leisure time?

----

❺ 당신이 즐거워하는 동료는 누구인가? Whose company do you enjoy?

----

❻ 당신은 무엇을 좋아하며 누구를 존경하는가? What and who do you admire?

----

❼ 당신을 웃게 하는 것은 무엇인가? What makes you laugh?

삶의 평가

먼저 자기가 느끼는 자신을 말해 보자. 간단한 자기소개라고도 할 수 있는 것을 한번 500자 이상으로 적어 보자.

당신의 이름과 약력, 경력뿐 아니라 당신의 현재 상태와 하는 일 또는 삶에 대한 이야기가 있는가? 있다면 그것에 대한 당신의 자부심과 만족, 행복감은 어느 정도로 표현되었는가? 주변 사람들도 당신이 보는 대로 당신을 보고 있다고 생각하는가?

일반적으로 우리는 다른 사람이 본 외부로 보이는 자신과 내부의 자신이 꼭 일치하지는 않는다. 또한, 화려하게 보이는 삶 가운데 외롭고 고독한 삶을 사는 이들도 많다. 무슨 일을 하는 가는 우리가 보는 다른 이의 삶에 대한 평가이지만, 자신의 삶에 대한 만족도나 행복감은 일의 종류와 상관이 없을 수 있다. 여기서 우리는 삶의 괴리를 느끼기도 하지만, 코처는 자신의 현재를 통해서 자기 삶의 지수를 알고 있어야 한다. 다음은 사람이 가지는 인생의 10가지 영역을 표현한 것이다. 여기서 당신이 어느 자리에 있는지를 표시해 보자. 상관없이 생각되는 항목은 뛰어넘어도 된다. 만족의 정도에 따라서 1(불만족)~ 10(매우 만족)점까지 표시할 수 있다.

① ② ③ ④ ⑤ ⑥ ⑦ ⑧ ⑨ ⑩   육체의 건강

① ② ③ ④ ⑤ ⑥ ⑦ ⑧ ⑨ ⑩   정서적 건강

① ② ③ ④ ⑤ ⑥ ⑦ ⑧ ⑨ ⑩   직업적 만족

① ② ③ ④ ⑤ ⑥ ⑦ ⑧ ⑨ ⑩   재정 상태

① ② ③ ④ ⑤ ⑥ ⑦ ⑧ ⑨ ⑩   부부, 연인 관계

① ② ③ ④ ⑤ ⑥ ⑦ ⑧ ⑨ ⑩   가정생활

① ② ③ ④ ⑤ ⑥ ⑦ ⑧ ⑨ ⑩   교우 관계

① ② ③ ④ ⑤ ⑥ ⑦ ⑧ ⑨ ⑩   사회생활

① ② ③ ④ ⑤ ⑥ ⑦ ⑧ ⑨ ⑩   취미, 여가

① ② ③ ④ ⑤ ⑥ ⑦ ⑧ ⑨ ⑩   시간에 대한 생활 방식

① ② ③ ④ ⑤ ⑥ ⑦ ⑧ ⑨ ⑩   인생 성취도

① ② ③ ④ ⑤ ⑥ ⑦ ⑧ ⑨ ⑩   종교 생활

① ② ③ ④ ⑤ ⑥ ⑦ ⑧ ⑨ ⑩   문화 혜택

이제 당신이 현실에서 느끼는 감정적 상태를 살펴보자. 아래 문항을 통해서 자신의 모습을 찾아보기로 하는데, 예(True)나 아니오(False) 항목 가운데 자신이 가깝다고 느끼는 곳에 표시하면 된다.

(T) (F) 나는 가끔 "과거에 내가 이렇게 했더라면~"으로 생각하곤 한다.

(T) (F) 나는 일반적으로 잔을 반쯤 비워진 것으로 생각한다.

(T) (F) 나는 걱정을 너무 많이 한다.

(T) (F) 나는 이따금 매우 피곤을 느낀다.

(T) (F) 나는 집중하기가 어렵다.

(T) (F) 나는 약속 시한을 지키기가 어렵다.

(T) (F) 나는 내 건강을 염려하고 있다.

(T) (F) 나는 보통 내가 모서리에 있는 것처럼 느낀다.

(T) (F) 나는 가끔 슬프다.

(T) (F) 나는 자신이 한 행동을 신뢰하는 데에 어려움이 있다.

(T) (F) 나는 의심이 너무 많다.

(T) (F) 나는 내가 안전하지 않다고 말하곤 한다.

(T) (F) 나는 너무 일찍 일어난다.

(T) (F) 내가 가장 싫어하는 시간은 내일 아침이다.

(T) (F) 나는 일이 잘못되지 않을까 심하게 두려워한다.

(T) (F) 나는 너무 걱정스럽게 본다.

(T) (F) 나는 일을 내 마음대로 해야 한다.

(T) (F) 나는 안정을 취할 수 없다.

(T) (F) 나는 정확히 시간을 맞출 수 없다.

(T) (F) 나는 충분히 안전하다고 생각하지 않는다.

(T) (F) 나는 문제를 과장하는 경향이 있다.

(T) (F) 나는 공황 상태를 경험한다.

(T) (F) 나는 자고 있을 때 가장 안전하다고 생각한다.

(T) (F) 나는 너무나 예민하다.

(T) (F) 나는 이따금 내가 다른 사람이었으면 하고 생각한다.

(T) (F) 나는 늙어 가는 것에 대해 두려움을 느낀다.

(T) (F) 나는 삶이란 한 문제가 해결되면 또 다른 문제가 오는 것으로 생각한다.

(T) (F) 나는 차차 더 좋아질 것이라는 희망은 품고 있지 않다.

(T) (F) 나는 항상 안절부절못한다.

(T) (F) 나는 쉽게 화낸다.

(T) (F) 나는 대인관계나 폐쇄된 공간에 공포 증세가 있다.

위 문항에 전부 T나 F에 답한 사람은 많지 않을 것이다. 12개 이하의 T를 가진 사람은 개인적이기보다 사회적이고 인간관계 개선을 통한 도움이 필요하며, 셀프 코칭을 통해서는 얻을 것이 별로 없을 것이다. 13개 이상 22개 미만인 사람은 보통의 인격적 상처가 있는 사람이며, 이들은 셀프 코칭을 통해서 빠르게 효과적으로 자신 삶의 한계를 극복해 나갈 수 있을 것이다. 셀프 코칭을 아주 잘 활용할 수 있는 부류의 사람들이라고 볼 수 있다. 22개 이상인 사람들은 불안이나 우울 증세에 시달리고 있을 가능성이 크다. 그래서 먼저 이러한 문제에 대해서 전문적인 치료를 받고 그러한 증상에서 벗어난 후에 셀프 코칭을 하는 것이 바람직하다. 그럼에도 셀프 코칭을 하려고 한다면 인내하고 계속 자기 자신을 코칭해 나가야 한다.

가치관 찾기

인생이 우리에게 꼭 던지는 질문 가운데 하나가 "당신은 누구인가? Who are you?"이고, 이와 못지않게 이어지는 중요한 질문은 바로 "당신은 왜 사는가? What do you live for?"이다. 이 질문에 대한 답은 제각기 다르다. 그것은 사람마다 생각하는 삶의 가치가 다르기 때문이다. 그것에 따라서 삶의 목적이 크거나 작을 수 있으며, 깊거나 얕을 수도 있으며, 높게 평가되거나 낮게 평가될 수도 있다. 그런데 셀프 코칭에서 가치관은 다른 이를 평가하는 척도가 아니다. 가치관은 우리 삶이 가지는 기본적인 신념으로 매우 중요하게 생각하는 것들이다. 셀프 코칭에서 가치관을 말하고자 하는 것은 이것이 우리가 누구인지를 가장 잘 묘사하는 특성들을 보여주기 때문이다.

당신이 중요하게 생각하는 일반적 가치들을 살펴보자. 아래의 항목에서 자신을 나타낸다고 생각하는 단어에 표시를 해보자. 그리고 이 어휘에서 언급되지 않은 것들이 있다면 별도의 빈칸에 적어 보자.

성취	확신	야망	아름다움
조심성	통제력	출세	협동

공동체	일관성	동정심	경쟁
창의성	결단력	근면	효율성
고상함	용기	계몽	탁월성
가족	진실성	용서	예지력
자유	절약	완성	재미
온유	순수성	좋은 취향	성장
열심	정직성	유머	감화
독립심	영향력	기쁨	성실성
투명성	사랑	결혼	돈 벌기
순종	질서	인내	평화
완벽	실행	지속성	능력
활기	생산성	정결	질(質)
인정	휴식	존중	위험 감수
안전	자존심	표현력	민감성
섬기는 태도	봉사	성적 만족	
침묵	고독	성공	참음
정적(靜寂)	견실함	절제	신뢰
진리	승리	정리 정돈	진취
희망	배움	——————	——————
——————	——————	——————	——————
——————	——————	——————	——————
——————	——————	——————	——————

위의 것 가운데서 가장 중요하다고 생각하는 것을 우선순위로 5가지를 정해 보자.

정체성과 관련하여 볼 때에, 우리가 행복하다고 느끼는 것은 핵심 가치 때문에 일어난다. 핵심 가치라는 것은 정체성이 중요시하는 가치이기 때문이다. 이제 당신이 생각하는 핵심 가치들을 살펴보자. 핵심 가치를 찾도록 다음의 질문에 답을 해보자.

❶ 당신 인생의 최고 행복은 무엇인가?

----

❷ 당신이 가장 원하는 것은 무엇인가?

----

❸ 당신이 가장 감명 깊게 생각하는 주제는 무엇에 대한 것인가?

----

❹ 당신이 평생에 누리고 싶은 것은 무엇인가?

❺ 당신이 가장 많이 생각하는 것은 무엇인가?

❻ 당신 최고의 순간에 무엇을 하며 지내고 싶은가?

❼ 당신이 가장 행복했던 순간은 어떤 것인가?

❽ 당신이 지금까지 살면서 가장 자주 중요하다고 반복해서 말한 주제는 무엇인가?

❾ 당신은 사람이 살아가는 데 가장 중요한 것이 무어라고 생각하는가?

❿ 당신이 최후까지 다른 이에게 절대로 양보하고 싶지 않은 것은 무엇인가?

위의 대답 사항을 종합해서 당신이 핵심 가치라고 생각하는 것을 문장으로 표현해 보자.

사명 선언서 작성

셀프 코칭을 지속적으로 가능하게 하는 것은 바로 분명한 목적의식이다. "우리는 민족중흥의 사명을 띠고 이 땅에 태어났다."라는 말을 기억하는가? 비록 군부 체재에서 나온 것이지만 이것은 한국인의 정체성과 삶의 목표를 확실하게 말하고 있다. 이제 당신은 그 누구에게라도 자신 삶의 이유와 목적을 분명하게 말할 수 있는 사명 선언서 Manifestation of Life를 가지고 있어야 한다.

사명 선언서를 만들 때에 주의해야 할 것이 있다. 흔히 오해하기 쉬운 것은 직업과 역할을 사명이라고 생각하는 것이다. 그러나 직업과 역할은 사명이 아니다. 그리고 꼭 다른 사람을 위해서 그 무엇인가를 해야 한다는 선입관도 버려야 한다. 또한, 자신이 이 땅에서 신적인 사명을 받기에는 너무 초라한 존재라고 생각해서도 안 된다. 사명은 감내하기가 어려운만큼 아니 그 이상 당신을 행복하게 만드는 것으로, 스스로 발견할 수밖에 없다.

좋은 사명 선언서를 작성하려면, ❶ 쉬운 문장으로 쉽게 이해하고 암송할 수 있어야 한다. ❷ 평생 자신의 활동을 포괄적으로 표현할 수 있어야 한다. ❸ 자신의 정체성과 잘 맞아야 한다. ❹ 타인의 지지를 얻을 수 있는 명분 있는 것이면 더욱 좋다. 로리 베스 존스 Laurie Beth Jones는 자신의 책 『기적의 사명 선언문 The Path』(2000)에서 좋은 사명 선언문은 한 문장을 넘기지 말며, 초등학교 수준으로 이해가 가능하며, 쉽게 외울 수 있어야 한다고 말했다.

이제 당신의 사명 선언서를 작성해 보자.

나 _____ 인생의 사명은 _____를 위하여 _____ 를 하는 것이다.

목표 작성

···미래 설계

앞에서 언급한 라이프 코칭의 내용을 생각하면서 적용하면 된다. 특히 당신이 이루고 싶은 것을 구분해서 작성해 보면 도움이 될 것이다.

❶ 내가 평생에 걸쳐 하고 싶은 것은 무엇인가?

---

❷ 10년 후에 나의 모습이 어떠할 것으로 생각하는가?

---

❸ 바라는 일을 성취하려면 내가 3년 이내에 할 일은 무엇인가?

---

❹ 목표에 도달하도록 내가 지금 시급히 개선할 것은 무엇인가?

┉편지 쓰기

톰 채플 Tom Chappell은 자신의 책 『Managing Upside Down: The Seven Intentions of Values-Centered Leadership』(1999)에서 10년 후의 모습을 생각하면서, 현재 당신의 재능과 가치관, 열정을 기초로 가까운 친구에게 편지 쓸 것을 제안하였다. 이 편지에서 당신은 10년 동안 자신이 바라는 대로 다 되었다고 가정하고 써야 한다. 현재를 10년이 지난 상태로 생각하고 세월을 회상하면서 구체적으로 기간을 명시하고 쓴다면 더욱 유익한 일이 될 것이다. 여러 가지 당신에게 일어난 변화와 성장한 모습을 그리고 다양한 것들을 포함하여 써 보자.

친구_____ 에게

편지를 다 작성하였으면, 이 편지를 수신인인 친구에게 읽어 준다. 그리고 친구의 반응을 살펴보자. 또한, 편지의 내용으로 보아서 당신에게 가장 중요한 것이 무엇인지를 생각해 보자. 편지의 내용이 현실로 이루어지도록 무엇을 할 수 있는지 생각해 보자.

▪▪▪자원 찾기

당신이 목표를 향해 갈 수 있도록 준비한 것은 무엇인지, 자신이 가진 강점은 무엇인지 점검해 보도록 하자. 다음의 질문에 생각나는 대로 작성해 보자.

❶ 당신이 타고났다고 하는 자원에는 어떤 것이 있는가?

----

❷ 지금까지 당신에게 주어진 기회들이 어떤 것이었으며, 지금 주어진 기회는 무엇인가?

----

❸ 당신을 지금까지 지탱해 온 것은 무엇인가?

_____

_____

_____

_____

_____

❹ 당신의 삶에 지금까지 열정을 느끼게 한 것은 무엇이며, 지금 당신을
가장 흥분하게 만드는 것은 무엇인가?

_____

_____

_____

_____

_____

■■■소진점 찾기

이제 당신의 삶을 어렵게 만드는 것들을 살펴보자. 현재 삶에서 당신의 에너지를 소진시키는 것들을 번호 옆에 나열하기로 하자. 여백이 부족하거나 한두 마디로 설명할 수 없는 것은 별도의 노트를 가지고 수에 관계없이 상세하게 적어 보는 것도 도움된다. 편의상 5가지만 표시한다.

❶ 사람들

① _____   _____

② _____   _____

③ _____   _____

④ _____   _____

⑤ _____   _____

❷ 감정들

① _____   _____

② _____   _____

③ _____   _____

④ _____   _____

⑤ _____   _____

❸ 직장 생활

① _____   _____

② _____   _____

③ _____   _____

④ _____   _____

⑤ _____   _____

❹ 가정 생활

① _____   _____

② _____   _____

③ _____   _____

④ _____   _____

⑤ _____   _____

❺ 기타 사항

① _____   _____

② _____   _____

③ _____   _____

④ _____   _____

⑤ _____   _____

위의 사항을 다 적었으면, 어느 정도의 스트레스와 감내할 수 있는 사항을 표시한다. 당신이 생각할 때에 진짜 감당할 수 없는 것은 붉은색으로 밑줄을 긋는다. 이제 오른쪽 여백에 당신의 에너지를 소진시키는 것들을 줄이도록 당신이 취할 수 있는 행동을 표시해 보자.

코칭 원리

앞에서 배운 라이프 코칭 스킬을 자신에게 적용해 중복되는 사항은 생략한다. 다만, 셀프 코칭으로 우리의 삶이 더 나은 모습이 될 수 있다는 단계적 원리만 언급하고자 한다.

❶ 모든 사람은 불안정하며 불안을 느끼고 산다. 이것은 인간이면 피할 수 없는 현실이다. 어떻게 보면 우리는 성장할수록 이러한 문제를 민감하게 느끼고 살아야 하는지 모른다. 어린이보다 어른이 더 걱정하며 산다는 것은 이를 입증한다. 그러나 다소의 차이는 있겠지만 이러한 염려는 코칭을 통해서 완화할 수 있다.

❷ 우리의 사고는 그러한 감정보다 앞선다. 때때로 우리는 경험적으로 이유 없이, 생각할 겨를도 없이 불안과 공포가 엄습하는 것을 느낄 수 있다. 그러나 잘 생각해 보면, 이러한 감정적인 상태보다는 우리의 생각이 어떤가가 우리에게 더 큰 영향을 미치는 일이 흔하다. 사실 우리의 감정이 아니라 사고가 우리에게 더 먼저 작용한다고 느낀다면, 우리가 감정에 무능력하지 않다는 것을 이해할 수가 있을 것이다.

❸ 염려스런 감정들은 삶을 잘못 이끌어 간다. 불안감이 올 때에 우리는 무능력하게 대응하며, 몸에 힘이 하나도 없는 것처럼 우울증에 빠지기 쉽다. 그래서 감정의 문제는 지엽적인 것이 아니라 매우 중대한 문제로 우리에게 인식된다. 실망은 삶을 통제하려고 하는 것마저 포기하게도 한다.

❹ 통제한다는 것은 해답이 아니라 착각이다. 불안감은 우리를 손쉽게 상처받도록 하며, 본능에 자신을 맡기게 한다. 그러나 여기서 주어지는 것은 일시적 위안이며, 이것으로 삶을 통제한다고 생각하는 것은 착각이다. 오히려 우리에게 필요한 것은 삶의 통제보다는 자존심과 자신감을 더 높이는 것이다.

❺ 불안감은 습관이며, 그것은 변할 수 있다. 사람은 현실적으로 갈등에 직면하고 있으며, 다소 불안을 느끼면서 살 수밖에 없다. 그렇다고 해서 그러한 환경에 아무것도 할 수 없는 것처럼 마냥 끌려가서는 안 된다. 반복되는 강화된 행동은 습관이 되며, 습관은 좀처럼 깨기 어렵다. 그러나 셀프 코칭은 강력한 힘과 기술을 제공하여 이러한 나쁜 습관을 없앨 수 있도록 도와준다.

❻ 건강한 생각은 선택에서 나온다. 우리가 제대로 알지 못하면 우리는 어떤 문제도 제대로 선택할 수 없다. 그래서 우리는 할 수 없다고 생각하거나 실패를 두려워해서 필요한 행동들을 중지하기도 한다. 그러나 우리가 선택할 수 있다는 것을 깨닫게 되면 자신의 의견을 주장할 수 있다. 셀프 코칭은 이렇게 우리를 더욱 건강한 생각 쪽으로 선택할 수 있도록 정신을 맑게 해준다.

❼ 좋은 코처는 동기 부여를 잘한다. 세계에서 최고의 코처는 가장 좋은

동기 부여를 할 수 있는 자이다. 우리는 기술이나 환경도 중요하지만 적절한 동기가 없다면 실망스런 결과를 얻게 된다. 셀프 코칭에서 동기 부여보다 중요한 것은 없다. 우리는 항상 더 좋은 것을 느끼고자 움직이는데, 동기 부여는 이러한 도전들에 적극적으로 응전할 힘을 준다.

결론적으로 셀프 코칭의 도구들은 우리 자신에게서 더 좋은 것을 끌어내기 위한 수단들이다. 그래서 그레믈린과 싸우려면 우리는 두 가지를 확보해야 한다. 하나는 코칭에 임하는 좋은 태도이며, 다른 하나는 적절한 동기이다. 좋은 태도란 단순하게 생각하며 긍정적인 마음을 가져야 한다는 것이다. 이러한 태도는 코칭 스킬이 들어올 때에 그 효과를 더욱 강화하고, 특히나 동기가 따라올 때는 노력에 비해 더욱더 발전할 수 있게 한다. 긍정적인 마음으로 라이프 코칭 스킬을 통하여 계속 자신을 가꾼다면, 셀프 코칭은 더욱 진가를 발휘할 것이다.

7장

코처가 되는 길

Becoming a Coacher

온라인 취업 사이트 사람인(www.saramin.co.kr)이 직장인 816명을 대상으로 **"직장 생활을 하면서 전문 코치의 필요성을 느끼십니까?"**라고 설문을 진행한 결과(2007년 4월), 무려 93.4%가 '느낀다.'라고 응답했다. 하지만, 실제 전문 코치를 받아 본 직장인은 11.3%에 불과해, 생각보다 행동으로 옮기는 직장인은 매우 적었다.

전문 코치가 가장 필요할 때는 '업무 효율성이 떨어질 때'(35.3%)였다. 그다음으로는 '이·전직을 고민할 때'(21.9%), '판단력을 잃었을 때'(13.4%), '상사와 마찰이 있을 때'(10.6%), '회사에서 능력을 인정받지 못했을 때'(8.3%), '거래처 등 외부와 마찰이 있을 때'(4.3%) 등으로 조사되었다.

필요한 코치 유형의 질문에는 54.3%가 '업무의 전문성을 향상시켜 줄 코치'를 선택했다. 그 외에 '경력 관리를 조언해 줄 코치'(16.4%), '인간관계를 회복시켜 줄 코치'(13%), '인생 상담을 해 줄 코치'(8.8%), '인맥 관리를 조언해 줄 코치'(5.1%), '기타'(2.4%) 순이었다.

직장 생활의 고충은 함께 생활하는 '회사 동료'(26.1%)에게 가장 많이 상담하고 있었다. 그다음으로는 '친구'(25%), '혼자서 해결한다'(20%), '애인 또는 배우자'(13%) 등의 순이었다. '부모님', '형제자매'는 각각 3.2%, 2.9%에 그쳤다.

회사에 직원들을 위한 코치, 카운슬러 프로그램, 연수 등의 프로그램이 있는가 하는 질문에는 11.2%만이 있다고 응답해 턱없이 부족한 것으로 조사되었다. 한편, 평소 경력, 성과 관리에 대해서는 절반이 넘는(57.1%) 직장인이 따로 관리하지 않고 있었다. 반면, 관리를 하는 경우는, '필요할 때마다 하고 있다.'(31.9%)가 가장 많았고, '연간 로드맵을 세워서 정리하고 있다.'(10.6%), '전문가에게 맡겼다.'(0.4%)의 순이었다.

코칭의 필요성이 대두하고, 이에 걸맞게 수많은 코처가 필요한 이 시대에 코처가 되기를 원하는 사람들을 위하여 현재 우리나라에서 코처를 양성하는 대표적인 기관들을 언급해 보고자 한다. 각기 특색이 다르고 교육 방법도 차이가 나며, 코칭 프로세스도 다르다. 따라서 독자들의 판단과 취향에 따라서 참고하는 데 도움이 되었으면 한다. (지면 관계상 부분적 단편적이므로 반드시 홈페이지를 방문하거나 연락처를 통해서 문의 바랍니다.)

한국코칭센터

❶ 한국코칭센터 대표: 김경섭는 개인과 조직이 잠재력을 발휘하여 위대함을 성취하도록 코치를 길러 내는 곳이다.

❷ "한국코칭센터의 코칭 교육 프로그램은 비즈니스 코칭 교육 기관으로는 유일하게 국제코치연맹 ICF: International Coa-ch Federation의 인증을 받은 CCU Corporate Coach University 프로그램으로서 전 세계적으로 검증된 코칭 교육 프로그램입니다. 한국코칭센터는 전 세계적으로 코칭의 개념을 최초로 만들고 전파해 온 코칭 전문 회사로서 국제 코칭계의 NO.1 회사입니다."

❸ 주소 135-744 강남구 수서동 724번지 로즈데일빌딩 8층

전화 02-2106-4114 **웹 주소** www.koreacoach.com

❹ 프로그램

급변하는 비즈니스 환경에서 경쟁 우위를 차지하고 조직원 개개인의 창의성과 잠재 능력이 충분히 발휘되도록 하는 지식 경영이 코칭 클리닉을 통해 가능하다. 코칭 클리닉은 임원, 팀 리더, 이제 막 관리자가 된 사람에 이르기까지 기본적인 코칭 역량을 갖추게 하고, 강화시킨다. 또

한, 코칭 클리닉은 지식 경영의 가장 핵심인 코칭 문화를 형성할 수 있는 코칭 교육의 출발점이다.

① 코칭 클리닉은 교사와 컨설턴트, 부모들에게도 학생·고객·자녀와의 커뮤니케이션 능력을 향상시키고, 상대방의 잠재력을 극대화하는 방법을 알려준다.

② 코칭의 패러다임 전환과 함께 코칭 스킬을 동시에 습득할 수 있는 체계적인 워크숍

③ 누구나 쉽게 적용하고 즉각적인 효과를 낼 수 있는 간단명료한 5단계 코칭 대화 모델

④ 코칭 대화 전반에서 사용할 수 있는 4가지 코칭 핵심 스킬

⑤ 6번 이상의 코칭 대화 실습 과정

⑥ 전문 코치의 즉각적인 코칭 피드백 일대다 코칭

⑦ 국제코치연맹의 PCC Professional Coach Certificate 인증을 받은 코치의 코칭 시연

⑧ 워크숍 이후 코칭의 체득화 과정 2번의 텔레클래스, 피어 코칭

⑨ 일대일 팔로 업 코칭: 탁월한 전문 코치로부터 실제로 코칭을 받는 2번의 기회 제공

전문 코치 로드맵

❶ 국제코치연맹의 인증 과정 이수 후 국제 인증 코치가 될 수 있다.

❷ 3개월 동안 집중적으로 진행되어 가장 짧은 시간에 전문 코치의 토대를 마련할 수 있다.

❸ 초기 코칭 산업을 일으키고 코칭계에서 가장 많은 코치를 배출한 CCU

와 CTI의 자격증 협력 업체이다.

❹ 코치가 되려는 탁월한 코치 지망생들과 학습하고, 정기적인 졸업생 모임을 통한 코치 네트워크가 지원된다.

❺ 전문 코치 포럼, 특강 등의 행사를 통해 코치로서의 지속적인 역량 개발이 지원된다.

❻ 과정 이수 이후, 한국코칭센터의 전문 코치로 지원하여 1인 기업으로 활동할 수 있다.

❼ 국내 활동 인증 코치 한국코치협회의 80% 이상이 한국코칭센터의 교육 이수생이다.

CMOE Korea

❶ CMOE Korea 대표: 최치영는 조직의 성공과 개인의 풍요로운 삶을 위한 전략적 파트너라는 사명으로 평범한 개인이나 조직이 비범한 성과를 올리도록 최선을 다해 돕는 데에 비전을 두고 있다.

❷ 주소 135-839 서울시 강남구 대치4동 889-52 KR 타워 6, 7층

전화 02-569-8202 웹 주소 www.cmoe.co.kr

❸ 라이프 코칭

개인의 잠재 능력 계발과 목표 달성을 돕는 프로그램으로서 재정, 건강, 직업, 진로, 인간관계, 가정 문화, 노후 관계 등 인간 삶의 여러 방면에서 도움이 필요한 부분들을 도와줄 수 있는 코칭 스킬 개발 프로그램

【학습 시간】 2일 14시간 (합숙 또는 출퇴근)

【목표】

① 개인의 무한한 잠재 능력과 긍정적 마인드를 계발할 수 있다.

② 대인관계 및 커뮤니케이션에서 성공하는 방법을 얻을 수 있다.

③ 코칭에 필요한 적극적 경청 스킬과 질문 스킬을 개발하고 활용할 수 있다.

【특징】

① 워크숍 중 삶의 6대 영역 진단 시행

② 실질 사례를 통한 역할 연기 진행

③ 코칭 시뮬레이션을 통한 자신의 강점·약점 분석, 도출

④ 워크숍 후 3주 동안 코칭 레터 서비스

【기대 효과】

① 개인의 목표와 비전 달성

② 긍정적 사고와 적극적 태도 함양

③ 대인관계에서 원원 Win-Win 커뮤니케이션 달성

④ 코치로서의 자신감 확보

❹ 셀프 코칭

스스로 변화에 성공하여야 다른 사람들을 코치하고 변화를 이끌 수 있다. 삶의 진정한 의미를 찾고 새롭게 시작할 수 있는 철학을 통해 새로운 시각으로 세상과 사람을 바라볼 수 있도록 자기 변화 모티브를 찾는데 도움을 주는 프로그램

【학습 시간】 2일 16시간 (합숙 또는 출퇴근)

【학습 정원】 20명 내외

【목표】

① 새로운 시각으로 자신과 주변을 돌아보는 방법을 찾을 수 있다.

② 현재의 문제점을 파악하여 그것을 강점으로 개선하고 변화할 수 있다.

③ 자기 관리의 새로운 패러다임을 학습하여 원하는 목표를 달성할 수 있다.

【특징】

① 모델에 입각한 체계적인 변화 프로세스를 적용

② 실질적인 생활에 적용할 수 있는 사례를 통한 피쉬볼 실습 진행

③ 학습자 스스로 해결 방안을 습득할 수 있도록 지속적으로 제공되는 팁과 레터서비스

【기대 효과】

① 효과적인 자기 변화 프로세스 습득

② 자신과 세상에 대한 긍정적인 시각 수립

③ 적극적인 사고와 긍정적인 마인드 제고

인코칭

❶ 인코칭 대표: 홍의숙은 수강자의 탁월한 성과 향상을 위한 가치 있는 솔루션을 제공하여 완전한 교육 만족을 구현한다.

❷ 주소 서울시 영등포구 여의도동 28-1 전경련빌딩 11층

전화 02-780-5464 웹 주소 incoaching.com

❸ 비즈니스 코칭

【정의】

개인 혹은 소그룹에 제공되는 개별적인 서비스로서 과정 중심의 성장 프로그램

【목적】

조직원 개인의 성장과 변화를 통하여 조직의 성과 향상과 발전을 촉진

【기대 효과】

코칭의 효과는 개인적 차원에서부터 나타난다. 코칭을 받은 개인은 역량이 강화되고 대인관계가 개선되며 이러한 경험을 통해 조직과 직무에 대한 만족도가 향상된다. 이러한 개인이 모인 조직은 강력한 팀과 조직 문화를 구축하여 결국 조직의 성과 향상이라는 최종 결과물이 산출된다.

GRROW의 모델에 의한 프로세스 진행

❹ 밸런스트 코치

[정의]

피코치자의 변화와 발전을 지원함으로써 그의 잠재력을 계발하여 피코치자 스스로 가치 있는 성공을 이루게 하는 코치를 양성하는 교육이다.

① 코치로서의 정체성을 확립한다.

② 코칭에 필요한 역량 competency을 익힌다.

③ 여러 회 코칭을 이끌 수 있는 능력을 기른다.

④ 코칭에 필요한 전략들을 활용할 수 있다.

[대상]

① 전문 비즈니스 코치로 활동하고자 하는 사람

② 조직 내 매니저 코치로서 코칭 스킬을 심화하고자 하는 사람

③ 종교 또는 비영리 단체 등에서 코칭을 활용하고자 하는 사람

④ 그 외 코치가 되고자 하는 사람 / 선수 과목: 코칭포유

[시간] 24시간 09:00~18:00/ 3일

[목표와 기대 효과]

① 타인의 문제 해결과 성장을 효과적으로 지원할 수 있다.

② 비즈니스 코칭 및 각종 코칭 영역에서 전문 코치로 활동할 수 있다.

③ 조직 내 코칭 문화를 형성하는 데 선도적인 역할을 할 수 있다.

④ 내부적 코치 시스템을 구축하여 팀 간, 팀 내의 관계 및 성과를 향상할 수 있다.

아시아코치센터 ACC

❶ 아시아코치센터 Asia Coach 대표: 정진우는 ① Client First! 이익이 아니라 고객이 우선! ② Global Standard! 나의 기준, 내 회사 기준이 아니라 세계적인 기준에 맞춘다! ③ Non profit commitment! 사회의 리더를 배출하는 일에 헌신한다!

❷ 국제적으로 코치의 자질과 능력을 인증하는 대표적인 기관은 미국에 본부를 둔 국제코치연맹과 국제코치협회 IAC: International가 있다. 세계 어느 나라나 프로 코치로서 실력과 자격을 갖추고자 할 때에는 국제코치연맹에서 인증하는 프로그램인 ACTP Accredited Coach Training Programs 또는 IAC에서 인증하는 프로그램 IAC 15가지 코칭 기술을 이수한다.

(주)아시아코치센터는 코치가 갖추어야 할 전반적인 내용과 기술을 포괄하고 있는 '국제코치과정 ILCT'과 프로 코치가 코치할 때 90%를 사용하는 "IAC 15가지 코칭 기술 과정"을 한국어로 제공한다.

사)한국코치협회는 역량을 갖춘 코치들에게 일정 자격시험을 통해 KAC: Korea Associate Coach, KPC: Korea Professional Coach의 코치 자격을 수여하고 있다. 코치로 활동하려면 특정 코칭 전문 교육과 코칭 실습이 필요하고 코칭

철학과 윤리 규정을 준수하여야 한다. (주)아시아코치센터의 프로그램 중 한국코치협회에서 인증하는 프로그램 Accredited Coaching Program in Korea을 이수하고 유료 코칭 시간과 코치 추천서를 제출하면 한국코치협회 코치자격증을 받게 된다.

❸ 주소 135-280 서울시 강남구 대치동 944-20 동우리빌딩 2층

전화 02-566-7752 웹 주소 www.asiacoach.co.kr

❹ 파워체인지 코칭

【과정 목적】

① 성공을 가로막는 장애물을 극복하고 순수한 존재 의식을 회복

② 스트레스와 화를 스스로 처리하고 욕망과 저항을 조절하는 능력 개발

③ 의식 수준을 높이고 의도적으로 성공할 수밖에 없는 건강한 환경 조성

④ 인생의 꿈과 목표를 명확하게 찾고 삶 속에서 강력하게 실행하는 능력 구비

【기대 효과】

① 국제 수준 코칭의 진수를 경험하고 국제 수준의 리더십 능력을 체득

② 이론이 아니라 경험과 체험을 통해 코칭의 세계를 익힘으로써 실생활에서 코치의 삶을 살 수 있다.

③ 일상에서 겪게 되는 스트레스와 화를 스스로 처리하게 되고 자신의 욕망과 저항을 조절하는 능력을 갖추게 된다.

④ 제한된 자기만의 세계에서 벗어나 의식 수준을 높이고 성공할 수 있는 건강한 환경을 의도적으로 만들어 인생의 꿈과 목표를 강력하게 이루어 나간다.

【과정 특성】

파워체인지 코칭 과정은 기존의 전통적인 리더십 개발 기술을 몇 차원 뛰어넘는 탁월한 다음 세대 인간 계발 틀로서 국제적으로 과학, 심리학, 신학, 경영학, 통계학, 리더십, 예술 분야 전문가들의 오랜 연구와 임상 경험을 통해 완성된 통합적인 인간 계발 과정이다. 본 과정은 사람의 의식 세계를 확장하고 인간에게 내재한 무한한 가능성을 발견하여 인생의 목표를 완벽하게 실천하도록 돕고자 만들어졌다. 사람들은 이 과정을 통해 자신과 타인을 명확히 이해하여 사람과 사물을 여러모로 의식하고 받아들이는 능력을 갖추게 된다. 이러한 과정들은 개인이 자신의 문제를 스스로 해결하고 세상에 막강한 영향력을 미치는 능력을 갖추도록 돕는다.

【교육 대상】

의식을 높이고 싶은 사람, 감정이나 화 처리를 잘하고 싶은 사람, 자신 삶의 목표를 역동적으로 이루고 싶은 사람, 조직의 리더 및 팀장, 프로 코치 희망자

【교육 방법】 8시간씩 3일 집중 과정

이창호스피치칼리지연구소

세계화 시대에는 만남에도 전략이 필요하다. 사랑에도 코치가 필요하다!
일대일 맞춤식 교육 프로그램으로 전문 국제 라이프 코치가 되고자 하는
사람을 위한 특별 프로그램을 전문 코치와 일대일 교육으로 모든 실습과
현장 실무를 통해 진행한다. 국제 라이프 코칭에 대한 기초적인 이론을 이
해하고 국제 라이프 코치와 코치를 받는 코치이를 직접 체험해 보면서 세
계적 코칭 정보를 바탕으로 내재한 잠재 능력을 찾아 계발하는 전문 프로
그램이다.

❶ 대상
① 전문가가 되고 싶은 사람들 명강사, 컨설턴트, 전문 설계사, 성직자, 교수 등
② 리더로서 커뮤니케이션, 전문 스피치 능력을 향상하고 싶은 사람
③ 선천적인 기질과 특성을 미리 알고 더욱 나은 삶을 개척하려는 사람
④ 국제 라이프 코치 자격증이 필요한 사람 교사, 간호사, 심리 상담사, 건강관리
사, 민간자격증 소유자, 일반 직장인 등
❷ 모집 인원: 15명 선착순

❸ 교육 내용

라이프 코칭의 개요 오리엔테이션/ 코칭의 필요성과 효과/ 코칭의 핵심 스킬과 효과/ 체험식 라이프 코칭/ 성공 라이프 코칭 사례/ 라이프 코칭 스타일 분석/ 컬러를 통한 학습 리더십/ DiSC 유형별 타고난 잠재 능력 개발/ 코칭 리더십을 키우는 공감적 경청/ 성공 사례 연구와 공유 사례 셀프 코칭 적용

[과정 주요 내용]

① Session 1 코칭의 개요와 관계를 살리는 코칭 대화법

㉠ 코칭의 개요와 코칭 대화법

㉡ 관계를 죽이는 대화? 살리는 대화?

② Session 2 나의 순수 존재 의식 찾기

㉠ 나의 순수 존재 의식 찾기

㉡ 존재대로 살기 위한 매일 점검

③ Session 3 화를 극복하는 의식

㉠ 화를 극복하는 의식

㉡ 화해의 걸음

④ Session 4 의식 확장의 체험

㉠ 의식 집중 연습

㉡ 감성과 의식의 조화

⑤ Session 5 욕망과 저항을 해결하기

㉠ 의식의 단계를 이해하기

㉡ 욕망과 저항과 의식의 단계

ⓒ 의식 수준을 5단계로 높이기

⑥ Session 6 의식 깨우기

㉠ 감정의 이해

㉡ 감정을 처리하는 코칭 기술

ⓒ 의식의 근육을 강화하는 실습

⑦ Session 7 운명을 바꾸는 존재 의식 선언문

㉠ 내 운명을 바꾸는 의식 선언문 만들기 1

㉡ 내 운명을 바꾸는 의식 선언문 만들기 2

⑧ Session 8 사람의 행동 패턴과 성공적인 대인관계

㉠ DiSC 유형에 따른 사람의 행동 패턴

㉡ 커뮤니케이션의 비밀과 효율성

⑨ Session 9 목표를 성취하는 기술

㉠ 세계적인 목표 성취 기술 적용하기

㉡ 목표 성취를 위한 매주 실행 계획 만들기

⑩ Session 10 삶을 바꾸는 행동 계획 수립

㉠ 순수 존재 의식대로 행동하기 위한 계획 수립

㉡ 총정리와 피드백, 수료식

❹ 훈련 방법

15명 1클래스, 10주간 매주 3시간 강의, 토의, 실습, 체험을 통한 훈련, 전화로 1회 코칭

국제 라이프 코칭 강의 기술 실습과 체험 전문 스피치/ 강연 기법, 교수법.

❺ 강사

이창호, 김기혁, 정상미, 이한분, 김미영, 양평호, 이인순, 그레이스

❻ 주소 응암역 2번 출구 나와서 100미터 지점/ 이창호스피치칼리지연구소 강당

❼ 수강료 70만 원 교재 포함

온라인 외환은행 620-157671-510 예금주/이창호스피치대학

❽ 특전

㉠ 국제 라이프 코치 인증서(80% 출석 후/ 자격 검정 후 전문 영역별 인증)

㉡ 국제 스피치 지도사 2급 자격 인증

❾ 주최 미, 재단법인 국제라이프코치인증협회

❿ 홈페이지: www.coach.ac www.speech.ac

⓫ 전화 1544-9156 휴대 전화 010-4439-0091

⓬ J-Coaching 3시간 기준, 대면 방법

【1주 차】

오리엔테이션, 상담자에서 라이프 코치로~출발!

– 일반적인 상담자와 코치의 유사점과 차이점, 그리고 유익한 부분과 더
  개발해야 할 부분 생각해 보기

【2주 차】

호기심으로 코칭 관계 만들기와 경청하기

– 코칭을 위한 관계를 형성하고, 코칭 관계의 경청에 대하여

【3주 차】

역동적 코칭 대화 시작하기

– 코칭 대화의 물꼬를 트는 코칭 초반부

【4주 차】

코치로서의 언어, 질문 탐구

- 코치가 코칭 시 사용하는 언어와 질문에 관하여

【5주 차】

고객을 위한 순환 과정 설계

- 고객 삶의 전반적인 시각을 넓혀 힘을 실어 줌

【6주 차】

고객의 에너지 활성을 위한 기술

- 고객의 능력 확장을 위한 기술과 도구

【7주 차】

생각에서 체험으로 함께하기

- 실질적인 체험을 통해 경험하기

【8주 차】

행복 코칭, 초점의 파워

- 이상과 만족을 위한 코칭과 목표의 중요성

【9주 차】

'되고자 하는 나'를 위한 라이프 디자인하기

- 나는 누구이고, 무엇이 되고자 하는가에 맞춤 인생 디자인

【10주 차】

삶의 변화와 과정에서 얻은 지혜는?

- 인생은 변화 가능하고, 그 과정을 통해 얻은 것은 무엇인가

【11주 차】

말과 행동이 같을 때, 목표를 향하여

– 말한 대로 실천하고, 목표를 향하여 가는 여정

【12주 차】

충분한 공간 확보, 당신은 풍요로운가?

– 충분한 공간을 확보함으로써 자신의 역할을 감당하기. 그리고 풍요로움
  에 대한 생각을 관찰한다.

【13주 차】

마음가짐이 관건이다. 당신의 선택은?

– 당신 마음의 주인은 당신이다. 선택하라!

【14주 차】

오직 사랑뿐. 우리에게 중요한 건 사랑이다.

– 사랑이 뒷받침된 코치, 코칭 그리고 고객

참고문헌

이창호 칭찬의 힘, 서울 : 해피앤북스, 2005.

　　　　성공한 사람들의 리더십과 커뮤니케이션, 서울: 해피앤 북스, 2005.

　　　　성공한 사람들의 스피치전략 5단계, 서울: 경향미디어, 2002.

　　　　리더십의 현대이론, 서울: 쿰란 출판사, 1999.

　　　　스피치달인의 생산적 말하기, 서울: 북포스, 2006.

이창호, 전도근 외 돈버는 스피치인맥 넓히는 커뮤니케이션, 서울: 성안당, 2006.

이창호, 전도근 외 9업자기혁명(운명을 바꾸어주는 9UP리더십), 서울: 해피앤북스, 2006.

전도근, 플러스 삶으로 이끄는 생산적 코칭, 서울: 북포스, 2007.

배정숙 옮김, 사람을 움지이는 20가지 원칙, 서울: 다리미디어, 2002.

이태복 옮김, 코칭트레이닝, 서울: 즈앤북, 2005.

이희경, 코칭입문, 서울: (주)교보문고, 2005.

박현준 옮김, 라이프코칭가이드, 서울: 도서출판 아시아코치센타, 2005.

정창덕, 리더십코치, 서울: 일송미디어, 2003.

샌드바일러스, 김경섭 프로페셔널 코치로 성공하기, 서울: 김영사, 2004.

김숙이 옮김, 유쾌한 자기혁명, 서울: 도서출판해바라기(주), 2003.

최광수 옮김, MBTI로 보는 다양한 리더십, 서울: 죠이선교회, 2004.

이백용 외, 남편 성격만 알아도 행복해진다, 서울: 비전과 리더십, 2006.

강주헌 옮김, 사람의 성격을 읽는법, 서울: 더난출판, 2006.

주혜명 외 옮김, 나를찾는에니어그램상대를아는에니어그램, 서울: 연경미디어, 2006.